Aventuras de un niño de la calle

Aventuras de un niño de la calle

Julia Mercedes Castilla

Ilustraciones de Daniel García

GRUPO
EDITORIAL
norma

http://www.bibliotecanorma.com
Bogotá, Barcelona, Buenos Aires, Caracas,
Guatemala, Lima, México, Miami, Panamá,
Quito, San José, San Juan, San Salvador,
Santiago de Chile, Santo Domingo.

Impreso por Editorial Buena Semilla
Impreso en Colombia - Printed in Colombia
Febrero, 2017

Diseño de la colección, Maria Osorio y Fernando Duque
Diagramación y armada, Andrea Rincón

CC: 11039
ISBN: 958-04-0945-5
ISBN: 978-958-04-0945-8

Contenido

Capítulo I

—¿Cómo le fue, manito? ¿Consiguió algo bueno? —le preguntó Joaquín a su amigo Armando cuando se encontraron en el Parque Nacional de Bogotá—. Como que a veces nos va mejor cuando agarra cada uno por su lado.

—No conseguí gran cosa, manito, y eso que me valí de toditas las marrullerías que pude con las viejas que van a matiné al Palermo; después de tanta bregadera, mano, sólo me dieron cuarenta pesos —contestó Armando, y sacó dos monedas de a veinte y se las pasó por la cara a Joaquín antes de volver a meterlas en el bolsillo—. Comida sí conseguí; en casi todas las casas donde fui me dieron algo. Esta camisa me la dio una viejita lo más buena.

Armando le contaba a su compañero los hallazgos del día mientras sacaba una camisa escocesa raída y manchada que tenía guardada debajo del saco, que estaba todavía más raído que la camisa que le mostraba a Joaquín.

Los dos gamines se sentaron debajo de un frondoso árbol a mostrarse mutuamente los frutos de su día de "trabajo". Joaquín vestía un saco roto y viejo, cuya talla era por lo menos el doble de la suya; su rostro sucio adquiría un aire placentero mientras sacaba de los bolsillos los tesoros que poseía: un billete de doscientos pesos y varias monedas, dos lápices usados al máximo, un pedazo de pan francés, varias bolitas de cristal de vívidos colores y su más preciada posesión: una navaja oxidada, que también tenía abrelatas y lima para las uñas. Joaquín depositó todas sus pertenencias en el césped. Después de varios minutos dedicados a contemplarlas, las volvió a meter en los bolsillos de su chaqueta, y dejó afuera el pedazo de pan, que se comió con gran avidez, y las canicas de cristal, que dejó para jugar un rato con su amigo.

El Sol empezaba a ocultarse llevándose consigo los rayos que calentaban a los dos gamines y la brillante luz que una hora antes iluminaba las flores y los árboles con su esplendor. El parque era grande, y para los gamines era el paraíso, con la Ciudad de Hierro que les ofrecía la oportunidad de montar en los carros locos o en la rueda de Chicago, que parecía perderse en las alturas, y en otros aparatos que les producían emocionantes momentos. Los muchachos se las arreglaban para mendigar suficientes tiquetes para montar en todo lo que ellos querían. También había campos de fútbol y de tenis, columpios, balancines y bosques que se perdían en las montañas y que ellos exploraban con interés. El césped suave y mullido les servía de cama la mayoría de las noches. El parque era su hogar, en donde jugaban, dormían y se encontraban buscando la compañía de unos con otros.

—¿Qué tal una caminadita antes de la comida? —preguntó Armando con cara de seriedad.

Llenos de vida, atravesaron el parque hacia la Carrera Séptima. Los muchachos no querían perder la oportunidad de pedir algo de dinero por la congestionada vía.

—Dotor, un centavito por favor, no hemos pasado bocado en muchos días —Joaquín le recitaba su historia a un señor que se apresuraba hacia su automóvil—. Dotorcito, aquí mi mano está enfermo.

"Hágase el enfermo", le susurró al oído a Armando; éste aflojó el cuerpo y quedó como si estuviera colgando de una pared; llegó incluso a palidecer debajo de la mugre que le cubría la cara. El señor sacó varias monedas de su gabardina y las repartió entre los dos gamines.

—Buen trabajo, Joaquín; si hacemos otros dos o tres de éstos, podremos comprar unos cigarrillos y una gaseosa pa después de la comida.

—Usté no lo hace mal, compañero; nos estamos volviendo profesionales —afirmó Joaquín, orgulloso de su habilidad.

Los muchachos se fueron, unas veces caminando despacio, otras saltando, otras corriendo y otras jugando. Se encontraron con otros gamines en el camino y pararon un rato a jugar a las canicas con ellos.

Ciento treinta pesos recogieron entre uno y otro cuento.

Cuando llegaron a su destino, estaban hambrientos y cansados.

—Yo creo que esa casa, allá al otro lado de la calle, se ve muy bien; deben tener buena comidita —dijo Armando preparando los jugos de su estómago para un festín.

Una sirvienta muy posesionada de su papel, muy pulcramente vestida y con un delantal azul claro, salió a abrirles la puerta.

Antes de que la mujer pudiera decir una palabra, Joaquín saltó enfrente de ella.

—Mire, sumercé, no hemos comido en dos días. ¿Sería tan amable de regalarnos un bocadito? Mi mano está enfermo, le duele la barriga —dijo Joaquín, y repitió su historia con gran convencimiento.

Armando no emitió sonido alguno; se cogió el estómago con ambas manos y se quedó

mirando el suelo mientras esperaba ansiosa-
mente el resultado de su trabajo.

—¡Chinos pordioseros, ladrones, parana-
das, todo lo que hacen es pedir y robar! Traba-
jen en algo decente; ¡lárguense! —les gritó la
sirvienta con furia, y les tiró la puerta en la cara.

—Bruja fea y... —le gritó Joaquín con rabia
mientras se alejaban de la casa—. Espero que
no tengamos que desperdiciar nuestras actua-
ciones así como así. ¿Qué se cree la vieja ésa?
Vámonos pa la casa de la esquina, allá en la
otra calle —dijo Joaquín, y señaló la casa, no
queriendo darse por vencido.

La hermosa residencia mostraba clase y ele-
gancia. El jardín estaba cuidadosamente dise-
ñado; arbustos y flores de todos los colores le
daban un aire encantador. Los hambrientos
gamines se encontraron frente a un pesado
portón.

—Diosito, deja que esta vez sí funcione
—murmuró Joaquín con las palmas de las
manos juntas, y mirando hacia el cielo.

Una preciosa niña les abrió el portón.

—¿Qué quieren? —les preguntó la pequeña observándolos detalladamente. Parecía
que le impresionaba la ropa sucia y andrajosa
que llevaban.

Los muchachos repitieron la historia y la
actuación, más lentamente, para que la chi-
quilla, que no tendría más de siete años, entendiera lo que ellos querían. La niña los miraba con lástima.

—¿Por qué no van a su casa? Sus padres les darán de comer —les dijo la pequeña, sin comprender por qué los muchachos pedían comida.

—Nosotros no tenemos padres —contestó Joaquín con cara de tristeza.

—¿Quién es, Eugenia? Ya sabes que no debes abrir la puerta; se te ha dicho mil veces —gritó una voz desde el segundo piso.

—Son dos niños que tienen hambre. ¿Les podemos dar algo de comer, mamá? —preguntó la niña mientras los dos muchachos esperaban con ansiedad la respuesta de la madre de Eugenia.

Los ojos de Joaquín y de Armando se deleitaban admirando lo que alcanzaban a ver desde la puerta: un espejo con un lindísimo marco tallado de color dorado colgaba de la pared, a la derecha de la puerta. Joaquín se estiró lo suficiente para alcanzar a ver los elegantes muebles de sala.

—Cierra la puerta, Eugenia, y diles que esperen —le ordenó la madre a la niña, mientras bajaba la escalera.

—Lo siento, pero tengo que cerrar la puerta. Esperen un momentico —les dijo la niña de los crespos melados y los ojos sonrientes, y cerró el portón suavemente.

Unos minutos más tarde, una joven y alegre muchacha de delantal muy blanco y almidonado les dio un talego de papel con varias cosas adentro, y desapareció detrás del portón.

Joaquín agarró la bolsa, y, jalando a Armando de un brazo, emprendió veloz carrera.

—¿Por qué estamos corriendo?

—Vi un lote allá adelante, donde nos vamos a comer lo que haiga aquí adentro; tengo tanta hambre que me parece que nunca fuéramos a llegar. Quiero enterrar los dientes en un pedazo de papa, de pan o de lo que sea.

Se sentaron en el pasto y se acomodaron lo mejor que pudieron. De la bolsa sacaron cuatro papas con mantequilla, rociadas de cilantro, un pedazo grande de hueso de sopa y tres zanahorias.

—¡Mire, aquí hay galletas envueltas en papel celofán —exclamó Armando sacando el paquete de galletas del fondo del talego.

—La niña nos dio de sus galletas, buena muchachita —afirmó Joaquín mientras jalaba la carne que tenazmente se prendía al hueso, y casi a la vez que engullía media papa.

Armando tenía hambre, pero no tanta como su compañero, que poca suerte había tenido ese día con la comida.

—Está buena, ¿cierto?

Joaquín se volvió; tres gamines más grandes y fuertes que ellos los observaban con desdén. Habían estado tan embebidos en lo que comían que no se habían dado cuenta de la presencia de los intrusos.

—¿Cuántos años tienen ustedes? —le preguntó a Joaquín el más grande de los tres, que parecía ser el cabecilla. Éste tendría unos catorce años y era bizco, lo que hacía que se viera más cruel que los otros.

—Yo voy entrando en los once y mi amigo va pa los diez —contestó Joaquín, esperando lo peor de los tres pillos. Era parte de la vida que tenían que vivir y con la que se encontraban a diario. Joaquín pensó que tenía que actuar rápidamente; no tenían ninguna posibilidad de ganar si peleaban contra los recién llegados.

—Deme eso que se está comiendo —le ordenó el gamín bizco a Armando, y éste escondió automáticamente el talego debajo de la chaqueta.

—Es nuestra comida, y nos costó mucho trabajo conseguirla —le respondió Armando.

—¿Verdad? Nosotros no vamos a tener el mismo trabajo. Preste pa acá todito y sin chistar.

—Désela, Armando —le ordenó Joaquín a su compañero, sabiendo que no había nada que hacer para evitar que les robaran los alimentos que con tanto gusto saboreaban.

Armando, con lágrimas en los ojos, les dio la bolsa de papel con lo que quedaba de su cena.

—Un momento —exclamó otro de los gamines, en el instante en que Armando y Joaquín se disponían a echar a correr—. ¿Se creen que con las porquerías que están en este talego nos vamos a contentar?

—Pues claro que no; seguro que en los bolsillos tienen algo que nos pueda interesar, o por aquí escondido entre la ropa —dijo el tercer gamín, caminando detrás de Joaquín y Armando.

Estaban acorralados.

—No; seguro que no tenemos nada; estos días han estado más que malos —exclamó Joaquín, tratando de demorar lo inevitable.

—Ya veremos —dijo el cabecilla acercándose a Joaquín y a Armando para despojarlos de todas sus pertenencias.

—Corra, manito —le dijo Joaquín a su amiguito; y haciendo él lo mismo, se abrió paso como pudo y arrancó a correr con velocidad inesperada.

("Pingo Pingo, vamos, lúzcase con un milagrito".)

("No se acuerda de mí sino cuando está en problemas, ¡ah!")

("No tengo tiempo de discutir. ¡Apúrese!")

Corría tan velozmente como sus cortas piernas se lo permitían, y sentía que el gamín bizco lo alcanzaba.

A los pocos segundos sintió que lo agarraron de la chaqueta. En su afán de no dejar escapar al muchacho, el jefe de la pandilla se tropezó y cayó aparatosamente, dándole la oportunidad a Joaquín de escapar.

("Gracias, le debo una; no se le olvide apuntar".)

("Me debe veinticinco".)

Joaquín corrió tres o cuatro cuadras sin volver a mirar para atrás. Iba pensando en Pingo Pingo; hacía semanas que no lo llamaba. Se escondió detrás de una pared de ladrillo a esperar a su amigo. Pasó un largo rato sin que éste diera señales de aparecer. Estaba oscuro, y temía que algo le hubiera sucedido a su compañero. Después de pensarlo mucho, decidió ir a buscarlo. Joaquín caminaba despacio, mirando a lado y lado. La calle estaba oscura, y el lote de donde habían escapado era un espacio negro en la noche. Oyó un sonido y se paró a escuchar; le pareció oír sollozos.

—¡Armando! —llamó varias veces el muchacho en voz alta, después de remojar la garganta y llenarse de valor.

—¡Aquí! —gritó Armando desde alguna parte.

—¿Cómo está, manito? —gritó Joaquín acercándose a la voz.

—¡Ay, no sé! Se llevaron todito lo que tenía y me dieron por todo el espinazo. Lo estaba esperando; ¿dónde andaba? —preguntó Armando, sollozando y limpiándose la nariz con la manga de su chaqueta.

—Oiga mano, ¿puede caminar?

—Creo que sí.

—A unas tres cuadras de aquí hay una

construcción, donde estuve escondido detrás de una pared. Me di cuenta de que hay una parte con techo; podemos pasar la noche allá. No estamos pa tirarnos y dormir al descubierto; párese y agárrese de mi brazo. Pingo Pingo nos tiene todo listo.

—Ay, mano, yo no creo que su amigo invisible nos ayude esta vez.

—Claro que sí. Por eso es que él no habla con usté —afirmó Joaquín.

Sin mucho tropiezo, llegaron a la construcción.

Armando tenía un ojo negro y moretones por todo el cuerpo, pero lo que más le dolía era la pérdida de todas sus posesiones.

Joaquín recogió varias hojas de periódico que encontró desparramadas por el suelo y las usó para hacer la cama, en la cual cayeron profundamente dormidos.

Capítulo II

—¿Qué tal un paseíto por el parque, manito? —le preguntó Joaquín a su amigo a la
mañana siguiente, listo para otro día de aventura.

—¡Ayayay!, Joaquín, no sé, no puedo caminar hasta tan lejos, me duelen toditos los
huesos del cuerpo.

—Eso lo arreglamos en par patadas. ¿Pa
qué cree usté que son las partes traseras de
los camiones?

Los muchachos caminaron calle abajo en
esa fría mañana, tan típica de la capital. Armando caminaba casi colgado de Joaquín. A
las tres cuadras encontraron un camión de re-
parto lleno de gaseosas, que estaba estaciona-
do frente a una tienda. Joaquín, de un salto, se
subió a la parte trasera del camión; luego, de

un jalón, arrastró a Armando, que emitió un gemido ahogado al ser tratado tan bruscamente, sintiendo que su cuerpo adolorido se golpeaba con las cajas llenas de líquido ambarino, que por poco les caen encima, lo cual impidió Joaquín con una rápida maniobra. "¡Chist!", le dijo éste a su compañero, y procedieron a esconderse detrás de las sonoras botellas. Unos minutos más tarde, el camión rodaba tranquilamente por la Carrera Trece. A lo largo de ésta el conductor paró varias veces a dejar su mercancía y a recoger envases. Los muchachos se apretujaban hasta donde les era posible confiando en que el chofer no los viera. En una de las paradas el conductor decidió no volver; los gamines esperaron en vano.

Después de una hora, los amigos resolvieron bajarse del vehículo y buscar otro medio de transporte.

Al encontrarse en el centro de Chapinero, decidieron olvidarse de su viaje al parque y más bien probar suerte en la poblada zona en que se hallaban. Las señoras pasaban con bolsas llenas de compras. Las parejas jóvenes se paseaban alegremente, y otros caminaban de prisa como si fueran a llegar tarde a alguna parte. Joaquín y Armando estiraban sus mugrientas manos mientras le recitaban la consabida historia a todo el que les pasaba por delante.

Cuando se cansaron, se dedicaron a cuidar y lavar automóviles, y tuvieron una mañana muy productiva.

—Estoy cansado, Joaquín; vámonos a comer y a descansar puallí en algún sitio —dijo Armando, sintiendo que ya no podía más con los dolores que los golpes de la noche anterior le habían producido.

—Sería bueno, pero mire, mano, cómo dejó de mal ese carrito verde; al dueño no le va a gustar el trabajo, y no nos va a dar ni cinco —dijo Joaquín, mirando con ojos de crítico el vehículo en cuestión.

—Sus huesos no están golpeados, jalados y sacados de su sitio como los míos... Sea bueno, Joaquín, vaya y llene el tarro y acabe de lavarlo, pues yo no puedo —dijo Armando, y se sentó en el borde de la acera, enfrente del automóvil.

—Yo cumplí con mi parte, manito, no joda... Lavé el frente en consideración a sus huesos —respondió Joaquín, que estaba al lado del automóvil y con una mano sostenía una lata abollada por todos los lados y con la otra un sucísimo trapo. Sin embargo se quedó pensando un momento y agregó—: Bueno, por hoy lo hago porque necesitamos los pesitos; pero cuando se mejore, me paga todo este trabajo, ¿me entiende?

Joaquín corrió al aparcadero que quedaba a una cuadra de distancia, con la lata negra en la mano. Había dos gamines llenando sus latas en el chorro. El encargado del aparcadero los proveía de trapos y latas, y así tenía a los gamines ocupados mientras los clientes recibían un servicio extra. Algunas veces había más gamines que automóviles que pudieran lavar en el aparcadero, pero los chicos no se amedrentaban y seguían con los que estaban estacionados en la calle.

Joaquín se apresuró a terminar el trabajo. El muchacho admiraba su obra con orgullo. Luego le dijo a su compañero:

—Quedó maravilloso. Mire, manito, cómo brilla.

—Sí, quedó como para mirarse uno en él. ¡Nos van a dar unos buenos pesitos por este trabajito! —exclamó Armando con entusiasmo.

—Almas benditas, que no se demore el dueño; tengo un hambrerón de ésos como pal restaurante que está allá pal lado del paradero de buses —dijo Joaquín señalando a su izquierda.

—¿Cuál paradero? Como si los buses no pararan donde les da la perra gana —contestó Armando con tono de seriedad, fingiendo que no sabía de qué hablaba su compañero.

—No se haga el bobo conmigo. Usté sabe de cuál hablo; allá hemos ido un pocotón de veces, y siempre encontramos buenas personas que nos dan de lo que están comiendo, y usté sabe muy bien que es La Fonda, que queda allá en la Carrera Catorce, la que tiene esa arpía de mesera, y está cerquita de aquí —dijo Joaquín, a quien no le gustaba que le tomaran el pelo.

—Oiga, usté se molesta por nada; yo estaba chistoseando. Claro que sé cuál es, y se me hace la boca agua pensando en esos chorizos tan buenos, de chuparse los dedos —dijo Armando paseándose anticipadamente la lengua por los labios.

—Dotorcito, ¿ha visto alguna vez un carro mejor lavado? Apuesto a que no sabía que era así de bonito —le dijo Joaquín a un joven que, llave en mano, se aproximaba a su vehículo.

—Déjeme ver qué tan buen trabajo hicieron —dijo el joven, dando una vuelta alrededor del automóvil—. No está mal, aunque el techo no está muy limpio.

El dueño del automóvil sacó dos billetes del bolsillo.

—Dotor —Joaquín puso énfasis en la palabra que, por experiencia, sabía que producía muy buen efecto en las personas aunque no merecieran el título, pues oírla las hacía sentir como tales. Sumercé, mire nomás qué trabajo tan bueno hicimos.

El gamin refregó la mano mugrienta contra la puerta, y añadió:

—Mire, pa que vea que ni un tris de mugre se topa aquí.

El joven sonrió. "Este muchacho sabe lo que quiere", pensó, y dijo:

—Tome, repártanlo entre los dos. Me imagino que el muchacho que está tan callado sentado en la acera ayudó en algo.

—Gracias, dotorcito —dijeron los dos al mismo tiempo.

—¿Sabe, Joaquín? Usté es muy pepudo. Siempre sabe qué hacer y qué decir —dijo Armando, con admiración por su amigo.

—Gracias, manito; usté no está mal del todo. Aquí tiene un buen maestro.

Joaquín se sentía henchido de importancia. Él y Armando caminaron rápido hacia el aparcadero a devolver la lata y el trapo para luego seguir su camino y echarle de comer al estómago.

—Apúrele, Armando. ¿No dizque tenía un hambre feroz? Está caminando como si estuviera pisando carbones calientes —dijo, Joaquín, y lo jaló del brazo para que no se quedara atrás.

—Espere un momento, mano; usté puede correr todo lo que quiere, no son sus huesos los que le duelen.

—Se me había olvidado; el hambrerón que tengo no me deja pensar. ¿Pa qué habló de los chorizos? Mi barriga no resiste esa clase de conversación —dijo Joaquín, sin soltar del brazo al adolorido gamín, que, voluntariamente o a la fuerza, hubo de seguir a su compañero.

El recinto estaba oscuro y repleto de trabajadores que se apresuraban a almorzar para volver a su trabajo a tiempo. El pequeño establecimiento no era gran cosa, pero la comida era buena y barata y atraía a los trabajadores de las vecindades: choferes, mensajeros, etc.

—Ojalá la bruja gorda no esté trabajando hoy. Si está, nos ve y nos echa como lo hace siempre —dijo Armando mirando hacia todos lados en busca de la mesera.

—No está, no la veo; y aunque esté, hoy tenemos monedas para comprar aunque sea sopa, y después miramos a ver qué más hay —contestó Joaquín y sacó del bolsillo de su desproporcionada chaqueta un puñado de monedas y un par de billetes de poco valor.

—No nos dejarán sentar a la mesa, estoy segurísimo —afirmó Armando convencido de lo que decía.

—Ya veremos —dijo Joaquín desafiante, mientras se dirigía a una pequeña mesa que a duras penas se divisaba detrás de una columna.

—Joaquín, usté está loco. Aquí no podemos sentarnos —murmuró Armando parado junto a la mesa, sin ser capaz de sentarse.

—Siéntese, le digo —dijo Joaquín, y empujó a su compañero forzándolo a sentarse en el asiento de madera que tenía a su lado.

—¡Bueno, bueno, si son descarados! ¿Qué hacen aquí? ¿Cuántas veces se les tiene que decir la misma cosa? —exclamó una mujer gorda, con los cabellos revueltos que le cubrían la mitad de la cara; unas enormes bolas verdes le colgaban de las orejas, y en los dedos, gruesos y sudorosos, le brillaban anillos de baratijas; tenía unas uñas largas pintadas de rojo, que movía frente a los muchachos como si fueran alas de mariposa.

Armando bajó los ojos concentrándose en el mantel de plástico mientras esperaba que la mujer lo agarrara de un brazo y lo pusiera de patitas en la calle; no quería verla; sentirla era suficiente.

—Mire, señorita, tenemos con qué pagar una mazamorrita —dijo Joaquín desafiando a la mujer.

—No me diga, muestre, que yo vea —le ordenó la mesera con ironía.

Joaquín sacó del bolsillo las ganancias de la mañana, las cuales puso enfrente de la mujer.

—Bueno, pero aquí no se pueden sentar, pues no tienen suficiente dinero para almorzar; hay mucha gente esperando, gente que sí tiene con qué pagar el almuerzo completo —dijo la mesera, y agarró a Joaquín de un brazo y lo sacó del asiento a tirones—. No queremos darle a este lugar una mala reputación. Mire no más cómo están de sucios y zarrapastrosos.

—Sopa es almuerzo, y sopa es lo que queremos —insistió Joaquín resistiéndose a ser sacado de su sitio y sin prestar atención a los insultos que les hacían.

—Pueden tomarse la sopa allá en la cocina, detrás de la puerta. Deme el dinero; son ochenta pesos; ya se las llevaré más tarde. Ahora váyanse, chinos mugrosos —y de un empujón fueron a parar en la cocina.

—Esa vieja... no dejaré que se salga con la suya. Después de que nos sorbamos la maza-

morrita nos vamos otra vez al frente a conseguir el resto del almuerzo, gústele a la bruja o
no —afirmó Joaquín, con la cara roja de furia
y el puño cerrado y listo para estrellarlo contra el rostro inflamado de la mesera.

—Ay, Joaquín, ¿pa qué quiere meterse en
líos? Tomémonos la sopita y larguémonos pa
otra parte a buscar comida. Usté sabe dónde conseguir buena lata —propuso Armando
mientras arrastraba los pies detrás del compañero.

Esperaron más de veinte minutos antes de
que la gorda se apareciera con un plato de
mazamorra.

—Tengan, tráguenselo y lárguense —gritó
la mujer, poniendo el plato con el espeso y grisáceo líquido en el suelo, detrás de la puerta.

—No la derrame; pa eso le pagamos —le
devolvió el grito Joaquín.

Se sentaron en un rincón a sorber la sopa
en compañía, mientras observaban a cocine-
ros y meseras entrar y salir sin siquiera percatarse de su presencia.

—Ahora volvemos al comedor y nos traga-
mos esos chorizos de que tanto hemos hablado —dijo Joaquín. Puso el plato vacío en una
mesa cercana y se limpió la boca con el puño
de la camisa—. ¿Tiene miedo, manito? Así no
se puede sobrevivir. Mírelo, asustado como
una nena que dejaron sola en lo oscuro.

—A usté no lo apalearon como a mí, y no
quiero otra paliza. Yo no soy fuerte y macho

como usté —dijo Armando caminando hacia la puerta de atrás—. Y no conozco a Pingo Pingo pa que me saque de líos. Usté es un mentiroso, inventando a un Pingo Pingo, ¡ja!...

—Pingo Pingo es sólo mío; me ayuda a mí, y yo a usté, y ya. Será mejor que aprenda a vivir en este cochino mundo, mano; venga conmigo y le enseño cómo hacerlo —dijo Joaquín, y agarró a su amigo del brazo, decidido a enseñarle el arte de vivir.

—Yo me las arreglo bien sin que a todo tiro me tenga que esperar a que me apalién. Usté, que es sabihondo, vaya, pues a mí no me da la gana —respondió Armando retrocediendo hacia la pared.

—Vamos, no sea nena y no me dé lucha. ¡Andando! —dijo Joaquín impacientándose con el muchachito; y, jalándolo, lo arrastró hacia el comedor.

Armando, obediente, lo siguió, rezando para que no fueran muy duros los golpes.

—¿Sí ve allá esa pareja con un niño? Pues el niño tiene casi toda la comida en el plato; no comió nada. ¿No ve ese chorizo que dice cómeme? Hummmmm. Ándele antes de que se vayan —dijo Joaquín, mirando a su alrededor.

—Sumercé, yo y mi mano tenemos hambre. Si sumercé no se va a comer ese bocadito, le agradeceríamos la caridad —le dijo Joaquín al hombre que se disponía a irse con su familia.

—Sí, cójalo.

—Mi Dios se lo pague exclamaron los dos gamines a la vez y procedieron a apoderarse de lo que quedaba en los platos; hasta las migajas las pusieron en las servilletas de papel que apresuradamente escondieron entre la ropa. En la misma forma, y con increíble velocidad, repitieron la escena en otras mesas, consiguiendo suficiente comida para darse un festín a la salida.

—¿No les dije que se largaran cuando terminaran la sopa? Estoy ronca de decirles que aquí no los queremos, que no vengan a molestar a los clientes. Será mejor darles una lección —les gritó la gorda agarrándolos de un brazo—. Josefa, llame al señor Rojas —le ordenó a otra mesera que pasaba en ese momento con una bandeja llena de platos sucios.

—No estamos molestando, sólo recogimos unos sobraditos que nos dieron. ¿Pues qué tiene de malo eso? —dijo Joaquín, y trató de zafarse de las garras de la mujer.

—No traten de escurrirse; vengan conmigo, no quiero que los clientes vean lo que el señor Rojas va hacer con ustedes, chinos de los infiernos.

—Joaquín, ¿no le dije que nos largáramos a tiempo? Ahora, manito, ¿qué hacemos? Mis huesos no resisten otra paliza —murmuró Armando entre lloriqueos, al ser arrastrado con su amigo a donde el administrador del restaurante, un hombre que tenía unas manazas increíbles.

—No sea chino berrietas, que yo me encargo de salir de ésta —le susurró Joaquín al oído a su amigo.

—No crean que hoy se salvan de ésta —les dijo la gorda, y añadió dirigiéndose al administrador—: Señor Rojas, estos dos gamines vienen aquí a cada rato, y no hacen sino molestar a los clientes pidiéndoles comida. Ya estoy cansada de echarlos y de decirles que no pueden venir, pero ellos no hacen caso —le explicó la mesera a su jefe, un hombre de pelo negro crespo, un espeso bigote y una barriga grandísima que descansaba sobre un cinturón de hebilla dorada, el que se quitó dejando la barriga descolgar a gusto.

—Ustedes no entienden sino a las malas; las palabras no se deben desperdiciar en estos hijuemadres —dijo el señor Rojas, y se les vino encima con el cinturón en la mano.

("Pingo Pingo, no se haga el sordo. ¿No ve que necesito que me ayude otra vez, o si no me pegan?")

("Con usted no hay tiempo de parpadear, se mete en unas".)

—Pero señor Rojas, esta señora... No, no es verdá, no estamos molestando a los clientes. ¡Ay!, ¡ay!, no me pegue, espere. ¡Ay!, ¡ay!

¡Mire, señor Rojas, mire que le están robando su dinero, ya se escapa! —gritó Joaquín.

El sujeto, automáticamente, volvió a mirar.

—¡Corra, Armando, corra!

—¡Infelices, embusteros...!

El administrador soltó toda clase de improperios al ver que los gamines se le escapaban del castigo que con tanto gusto les estaba propinando. Los muchachos habían volado como si tuvieran alas en los pies.

("Así me gusta, Pingo Pingo, gracias".)

Capítulo III

—Oiga, manito, ¿a usté no le gustaría vivir bueno como los ricos? Pues a mí sí —comentó Armando unos días después del incidente del restaurante, mientras andaban buscando sitio para pasar la noche.

Aquél había sido un día difícil para Joaquín y Armando. La lluvia no había cesado de caer, por lo cual nadie quería lavar su automóvil. La bendita lluvia también había impedido que la gente saliera a la calle y dejó a los gamines sin tener a quién pedirle limosna, ni cómo ganarse el poco dinero que necesitaban para el día.

—Por aquí tengo unas moneditas que me gané cuidando unos carros allá pal lado de la plaza —dijo Joaquín haciendo ruido con las monedas que cuidadosamente había guardado en el bolsillo de su chaqueta, que, aunque gastada, le ayudaba a conservar calor en el cuerpo en días lluviosos como ése.

—Pa poco sirve esa chichigua con el hambre y el frío que tenemos. Una comidita caliente y una cama con unas buenas cobijas nos caerían esta noche que ni hablar. Estoy cansado, Joaquín.

—No sea chino berrietas, siempre nos las arreglamos, ¿no es cierto? ¿Se acuerda de esas casas allá pal lado de la Setenta y Una, las que tienen unos cobertizos y un patio en la mitad? —dijo Joaquín tratando de animar a su compañero.

Armando se encogió de hombros con desdén, como si no le interesara hacer el esfuerzo de recordar.

—¿Qué pasa con esas casas?

—Tienen unos nichitos y hacen una cama buenísima. Yo he dormido allá. ¿Usté no? Sería antes de que nos conociéramos. Bueno, como le decía, son diez casas alrededor de un patio. Seguro que allá podemos conseguir comida, y después nos arrunchamos y dormimos como bebés. Déjeme todito a yo, y usté verá que pasamos una noche deliciosa, con la barriga llena y buena dormida —afirmó Joaquín y, sin esperar respuesta, jaló a Armando para atravesar la calle y dirigirse al refugio en que pasarían esa lluviosa noche.

Pidieron comida en cinco casas antes de sentir el estómago satisfecho. Estaban moja-

dos y cansados; finalmente, se sentaron detrás de una de las casas del conjunto, a terminar los últimos bocados que les quedaban.

—¿No le dije, manito, que me lo dejara todito a yo? Se siente mejor, ¿cierto? Estaba requetebuena esa comida, el hueso carnudito de la sopa, la yuca estaba exquisita —exclamó Joaquín con placidez y contento de tener su barriguita llena.

—¿Estaba qué? Usté dice unas palabras que ni entiende uno —refunfuñó Armando y se chupó los dedos, asegurándose de no desperdiciar ni una migaja de su pan.

—Uste sí no sabe nada; yo ando entre la gente de clase y educación; exquisito significa mmmmm —explicó Joaquín llevándose una mano a la boca en ademán de besarse los dedos para que Armando entendiera lo que no podía explicarle en otras palabras.

—Yo no sé usté de dónde saca tantas cosas que no entiendo.

—Es que, manito, hay que poner atención, así como lo hace el suscrito; parando las orejas se aprende, y uno tiene que aprender en esta vida; si no, ¿cómo cree que uno echa palante? Pues sólo siendo aprendido —dijo Joaquín con aire de superioridad.

Armando miraba a su amigo con admiración, a pesar de que casi no podía verle la cara, pues las sombras de la noche los envolvían.

—Como sea, yo me confundo con esas palabras y esa conversa; lo que pasa es que usté nació capacitao de la cabeza; yo no sirvo pa eso. Bueno, vamos a dormir; ya me dio sueño —dijo Armando, y bostezó.

—A yo también se me cierran los ojos. Quítese la chaqueta y póngasela encima; así se seca más rápido —ordenó Joaquín, y se encaminó al pórtico de al lado de la casa, en donde se hicieron un ovillo buscando calentarse mutuamente dentro del nicho cubierto que los protegía de la lluvia de esa noche.

Todavía dormían después de las siete de la mañana siguiente sin percatarse de un par de ojos oscuros que los observaban con curiosidad. Una niña de unos doce años, que vestía un uniforme azul, estaba de pie a unos pasos del sitio en donde plácidamente dormían los gamines. La niña estaba embelesada con la escena; finalmente, se fue. Volvió unos minutos más tarde, seguida de una dama que vestía una bata de color verde claro.

—Mamá, míralos. ¿No te dan lástima? ¿Podemos hacer algo por ellos? —preguntó la niña con voz melodiosa.

—¿Qué quieres que haga? Hay cientos de niños abandonados que andan por las calles de la ciudad. No podemos hacernos cargo de todos ellos —respondió la madre mirando a los niños con pesar.

—No podemos ayudarlos a todos, pero sí a estos dos. Por favor, mamá, ¿podríamos conseguirles trabajo para que puedan vivir mejor? —la niña le imploró a su progenitora mirándola intensamente con sus hermosos y tiernos ojos negros.

—Estás todavía muy joven, y te falta ver tanto... —exclamó la señora.

Joaquín se movió sintiendo la presencia de extraños a su lado. El muchacho se puso de pie de un salto y despertó a Armando, quien se refregaba los ojos murmurando algo que ni él mismo entendió.

—Buenos días, madre, señorita, mi mano y yo... Buenos, estábamos mojados de la lluvia y teníamos frío... Nos tomamos la libertad de quedarnos aquí pa escampar, no quisimos molestar —dijo Joaquín explicándoles su presencia y la de su amigo a las dueñas de la casa, mientras esperaba los gritos e insultos por su desfachatez. Estaba listo para emprender carrera en compañía de su amigo, cuando la niña exclamó:

—Les voy a traer algo de comer —dijo, y en dos brincos alcanzó la puerta de la casa, por donde desapareció.

La madre abrió la boca para decirle algo a su hija, pero ya era tarde. La señora se quedó en el sitio mirando a los dos muchachos, quienes a su vez la miraban con expectativa.

—¿Tienen algún sitio para vivir? —les preguntó finalmente.

—No, señora —respondieron a la vez.

—¿Cómo viven?

Armando miró a Joaquín, lo que ya era un hábito suyo. Esperaba que su amigo saliera con una respuesta mientras él se limitaba a escucharlo.

—Pues verá, sumercé, ahí nos las arreglamos cada día. Cuando el tiempo es bueno, dormimos en el parque; y cuando es malo, buscamos un sitio, así como éste. Siempre encontramos dónde quedarnos —respondió Joaquín, y dejó de hablar, preguntándose por qué estaría tan interesada la señora en lo que ellos hacían. A lo mejor llamaba a la policía, y vaya a saber lo que les harían—. Sumercé, nosotros no estábamos haciendo ningún mal, se lo juro.

—Está bien, muchacho —lo interrumpió la señora viendo el nerviosismo del gamín—. Hay una posibilidad de que les pueda ayudar, si están dispuestos a trabajar.

—¿Trabajar? ¿Cómo así, sumercé? ¿Nosotros, trabajar? —preguntó Armando perplejo.

—Sí, trabajo. Mi marido tiene una pequeña fábrica de empaques en donde necesitan muchachos como ustedes. Allá hacen cajas para empacar distintas cosas: comida, jabones, etc. —les explicó la señora viendo la confusión en los rostros sucios de los intrusos.

—La señora lo que dice es que nosotros... mejor dicho, ¿que Armando y yo trabajemos en una fábrica? ¿No nos está tomando el pelo sumercé?

—No, muchacho, no les estoy tomando el pelo. Voy a hablar con mi marido acerca de ustedes; pero tendrán que esperar hasta la hora del almuerzo porque él salió esta mañana muy temprano y no volverá hasta el mediodía.

—Bueno, vamos a ver si les gusta —exclamó la bondadosa niña que volvía con el desayuno para los gamines.

—Armando, ¿usté cree que estamos soñando? —preguntó Joaquín refregándose los ojos con ambas manos para asegurarse de que estaba despierto.

("Se está luciendo, Pingo Pingo; así me gusta".)

("Bueno, tal vez ahora me deje en paz unos días, por lo menos".)

Armando no contestó; tenía los ojos fijos en la bandeja que la niña había depositado en el pórtico cubierto para que ellos se sentaran en las gradas y pudieran desayunarse cómodamente. Dos tazones de chocolate espumoso con un delicioso aroma que envolvía a los hambrientos niños, queso y mojicones completaban la comida tan inesperada para los gamines que, por lo general, no tenían la suerte de desayunarse en esa forma.

—¡Gracias, gracias! —exclamó Armando obedeciendo la orden que le dio Joaquín con golpes de codo; los ojos del gamín estaban concentrados en el espumoso tazón de chocolate, y las gracias parecía dárselas a éste.

—Bueno, a comer —les ordenó la niña, sonriendo complacida con su buena obra.

—Tengo que entrarme ya, vuelvan al mediodía. Que les aproveche el desayuno —dijo la buena señora retirándose hacia el interior de su residencia mientras su hija, embelesada, miraba a los muchachos devorar las viandas que tenían enfrente.

—Ya me tengo que ir para el colegio. Timbren cuando acaben el desayuno; una muchacha vendrá a recoger los platos. Ya verán que papá les da trabajo; él es muy bueno. ¡Hasta luego! —les gritó la niña, y entró en la casa. Salió inmediatamente después con el saco y la maleta de los libros. Pasó junto a ellos con gran prisa, como una hermosa mariposa que aleteando desaparece para dirigirse a otros parajes.

—Adiós, señorita, que mi Dios la lleve con bien— era una frase que decía Joaquín cada vez que veía la necesidad de hacerlo, pero nunca la dijo con tanta gratitud como la que sentía esa mañana por la buena gente que había hecho que ese día fuera tan especial para ellos.

—¿Será verdad todo esto, manito? Usté sí sabe dónde ir —afirmó Armando con la boca llena de pan y un bigote oscuro que se le había formado en el labio superior, el que con deleite se lamió apenas tuvo la lengua libre para hacerlo.

—Yo se lo dije. Usté me deja toditas las decisiones a yo, y verá cómo nos va de bien;

yo tengo quien me ilumine. Ya lo sabe, manito: usté tiene que hacer algo por la vida; ayudar cuando lo necesito; es que a veces usté es tan bruto que, Ave María, no sabe de nada.

—Pues no seré inteligente como usté, pero hago lo que puedo. Si no fuera por todas las monerías que hago, no nos darían ni la mitá de lo que nos dan: "Armando, hágase el enfermo"; "Armando, agáchese"; "Armando pacá", "Armando pallá" —decía Armando, y hacía pucheros como si fuera a llorar.

—Bueno, no vaya a chillar; yo le enseño pa que aprenda como yo. Ahora pensemos en el trabajo que vamos a hacer. ¿Se imagina, manito, nosotros trabajando? A lo mejor nos volvemos importantes —dijo Joaquín, imaginando un futuro venturoso.

—¿A usté no le da miedo esa fábrica? ¿Y qué cree que nos pongan a hacer? —preguntó Armando, aterrado de tener que enfrentar algo tan desconocido para él.

—Cualquier cosa; eso no importa. Allá nos dirán. No se preocupe, que yo le ayudo. Mejor vámonos. Aquí hacemos estorbo.

—¿A dónde vamos? —preguntó Armando.

—A cualquier sitio; lo mismo da. Está haciendo un día chévere, y podemos jugar a las canicas o podemos perecear, ya que vamos a estar trabajando pronto —respondió Joaquín poniéndose la chaqueta.

—Devolvamos los platos y vámonos —dijo Armando mientras recogía las últimas migajas de la bandeja que iban a devolver.

El par de gamines, contentos y optimistas, se fueron saltando a buscar un sitio en el cual pasar la mañana. Tenían el corazón lleno de esperanza. Estaban felices y se sentían plenos de vida.

Capítulo IV

Joaquín se alisó la ropa y se peinó el cabello con los dedos, sin obtener resultado alguno. Su indomable melena negra continuaba cayéndole sobre los ojos.

—Armando, ¿pa dónde cree que va? Mire cómo está. ¿Cómo va a querer que lo traten bien cuando anda en esa facha? Ese pelo todo enredao, hasta pájaros pueden hacer nido entre esa maraña. Oiga, mano, arréglese la ropa pa que no se vea tan pobre —decía Joaquín, dándole vueltas al muchacho, jalándole la chaqueta de un lado y subiéndole la solapa del otro.

—Usté no se ve tan bien. Ese saco le queda grandote, y está lo mismo de sucio y despeinao que yo. ¿Qué se cree, manito, que está hecho un pimpollo? —se vengó Armando, burlándose de su amigo.

—Bueno, pero al menos yo hago lo posible pa estar presentable. Usté sí no aprende. ¿No le he dicho que uno tiene que saber hacer las cosas? —dijo Joaquín mientras continuaba arreglando al muchacho, que pacientemente se dejaba zangolotear.

Los dos gamines, con ojos brillantes y llenos de contento, entraron en el edificio que su protectora les había indicado. Estaban impacientes por empezar su nuevo trabajo.

—Necesitamos hablar con la señorita Doris. ¿Dónde será que se encuentra? —le preguntó Joaquín a su compañero, esperando ver a la señorita al entrar en el edificio; pero quedó desconcertado al encontrar sólo las paredes de color crema del corredor por donde caminaban.

—Allá adelante debe haber un cuarto —dijo Armando señalando hacia la puerta de color carmelita que había al final del corredor.

—Hay dos puertas, una a cada lado del corredor, y la escalera al final; ¿pa dónde cogemos? —preguntó Joaquín no sabiendo qué camino tomar.

—¡Yo qué sé! Usté es el que sabe qué hacer. ¿No fue eso lo que me dijo? Que lo dejara, que usté guiaba —respondió Armando mirando a su alrededor mientras esperaba que Joaquín le dijera a qué puerta se debían dirigir.

—Caray, manito, con la ayuda suya —murmuró Joaquín enfadado—. No importa; creo que podemos entrar por cualquiera de las dos.

Los muchachos se pararon enfrente de la puerta de la derecha sin decidirse a abrirla. Nunca les faltaban palabras cuando en las calles de la ciudad se paraban a recitar una historia para cada ocasión; sin embargo, enmudecían fuera del ambiente que les era tan familiar.

—Joaquín, abra la puerta —instó Armando.

—¿Y por qué tengo que ser yo? Ábrala usté.

—Usté ya sabe que para yo no son esos trabajos —dijo Armando, que se hizo detrás de su amigo y lo empujó contra la puerta, haciendo que ésta se abriera.

Un salón grande, en el que varias personas estaban sentadas ante escritorios de madera, atareadas con papeles y máquinas de escribir, apareció delante de los muchachos, que miraban aterrados.

—¿Qué hacen aquí, chinos? Sálganse; a los gamines no se les permite entrar en el edificio —les gritó una mujer flaca, de nariz puntiaguda, que estaba sentada ante uno de los escritorios del frente.

—Señora, estamos buscando...

Joaquín a duras penas podía emitir palabra, intimidado por la reacción de la mujer y la situación tan nueva para él.

—¿No me oyeron, chinos gamines? Lárguense. Ésta es una oficina, y están perturbando a los empleados —volvió a gritar la mujer.

—¿Los empl... qué? —susurró Armando al oído de Joaquín, mientras observaba la escena asomando a duras penas los ojos por detrás de la espalda de su compañero.

Joaquín no le prestó atención; no estaba para contestar preguntas idiotas; seguía parado en la puerta esperando la oportunidad de preguntar lo que necesitaba saber.

—Por favor, señora, necesitamos...

—¿Qué quieren? —les preguntó una muchacha joven desde la parte de atrás del recinto.

—Estamos buscando a la señorita Doris —respondió Joaquín.

—¿Para qué la quieren? Aquí no se da limosna, ni se atienden mendigos —interrumpió la mujer de cara agria.

—Pues no estamos pidiendo nada. Nos mandó el dueño de esta fábrica pa que hablemos con ella pa un trabajo.

Joaquín se dio gusto viendo la reacción que sus palabras causaban en la mujer flaca y narigona que lo miraba con desdén.

—No sabía que estuvieran contratando gamines para trabajar aquí —dijo a regañadientes la mujer, y volvió a su trabajo sin darle a Joaquín la información que necesitaba.

—Éstas son oficinas; tienen que ir al edificio que hay a la vuelta de la esquina, en donde están las bodegas. La oficina de la señorita Doris está a la izquierda, pasando la entrada —la joven que había hablado antes les dio la información mientras el resto de los empleados los observaba con curiosidad.

—Muchas gracias, señorita —dijo Joaquín haciendo una venia. Antes de alejarse miró a la flacuchenta diciéndole con los ojos "Usté es una...", mirada que la mujer entendió perfectamente. Joaquín le oyó murmurar algo cuando salió llevando a su compañero consigo.

—Esa vieja no tenía razón pa ser tan mala clase... —dijo Armando cuando se dirigían al sitio que les habían indicado.

—Pa mucha gente somos chinos ladrones, infelices y todo lo demás. Uno se acostumbra. Ahora apurémonos, que vamos a llegar retrasaos.

Cajas de varios tamaños y formas se veían por todos lados. Los amigos miraban intrigados. Se preguntaban con inquietud qué les pondrían a hacer.

—Señor Contreras, estos muchachos van a trabajar con nosotros, póngalos a hacer algo; el jefe quiere que ayuden aquí —dijo la señorita Doris, que ya había tenido una corta charla con Joaquín y se había enterado de lo que buscaban los muchachos. Ella llamó a su superior para verificar la historia con que habían venido los niños, y procedió a ejecutar las órdenes que le habían dado.

El señor Contreras, un hombre bajito que tenía unos lentes sumamente gruesos y vestía overol de color café, inspeccionó de pies a cabeza a los recién llegados; parecía usar los lentes como lupas.

—¿De dónde vienen?... ¿Han trabajado alguna vez?

—Sí, señor; hemos trabajado en toda clase de cosas —se apresuró a decir Joaquín antes de que Armando dijera algo que los pusiera en apuros y metiera la pata como siempre.

—Seguro que sí; ya me imagino qué clase de trabajo habrán hecho, juzgando por la apariencia que tienen. No es la primera vez que tenemos gamines aquí. Nunca los conservamos mucho tiempo.

El señor Contreras hablaba para sí mismo, poniendo sus pensamientos en palabras.

Joaquín y Armando se miraban el uno al otro sin entender exactamente lo que quería decirles el hombre de los lentes gruesos. De una cosa estaban seguros y era de que el señor Contreras no estaba muy contento con la presencia de ellos en su dominio.

—Lo mejor será que empiecen a hacer algo. Trabajarán en lo que se presente cada día: apilando empaques, llevando cajas de un sitio a otro, haciendo mandados. En fin, lo que se necesite hacer. Ahora síganme —ordenó el señor Contreras guiándolos a través de un amplio salón.

Unos diez hombres se movían de aquí para allá llevando y trayendo cajas; parecía que estaban muy ocupados; ni siquiera se tomaron el trabajo de volverse para mirar a los muchachos.

—Aquí van a trabajar hoy. Estos empaques están un poco dañados, y hay que llevarlos a un sitio especial para que los reparen. Sepárenlos por tamaños; hay cuatro tamaños en este montón. Empiecen por el más pequeño, y ordénenlos allá contra la pared —les explicó el señor Contreras mirando con impaciencia a los gamines.

—Hola, manito, ¿se memorizó eso? —preguntó Armando cuando se vieron solos, rodeados de cartón por todas partes. Nunca en su vida habían visto tanto cartón. Estaban abrumados.

—Claro que me acuerdo; escogemos primero las cajitas chiquitas y las ponemos allá; después las medianas, hasta que lleguemos a las más grandes de todas. Qué, ¿cree que es muy difícil? —respondió Joaquín tratando de orientarse entre el montón de empaques.

—¿Pa qué diablos usan todas estas cajas y cajitas? —preguntó Armando, cansado solamente de pensar en el trabajo que tenían por delante.

—Huy, ¡qué bruto! Pues pa empacar cosas: comida, jabones y otras vainas; usté sí no pone atención. La señora que nos mandó acá nos explicó todo. No hay que ser tan inorante —replicó Joaquín empezando a separar los empaques pequeños.

—Bueno, sabelotodo, ¿cómo empacan sopas y carne entre estas cajas? Apuesto a que no lo sabe —exclamó Armando imaginándose la sopa chorreando por entre el cartón.

—Armando... bueno, ni pa qué... Sólo cierta clase de comida se empaca en estas cajas. Pa eso son las latas o, mejor dicho, los tarros, pa empacar sopas y carnes. Mejor trabajemos y fíjese en lo que hace mi persona pa ver si aprende. Seguro que su cucha le dio tieso en la mula cuando estaba chiquito y lo golpeó, pero harto. Tome esas cajas y llévelas pa allá —dijo Joaquín mientras trabajaba con furor.

—Sí, eso fue; ella me daba fuerte hasta que me fui de la casa. No quiero hablar de eso —afirmó Armando agitando la cabeza, como queriendo espantar los recuerdos que repentinamente le llenaban la mente.

—Ándele, si no trabajamos, nunca vamos a acabar.

Hora tras hora trabajaron los dos amigos; sólo tuvieron un corto receso a la hora del almuerzo, el que usaron para descansar, pues no tenían ni comida ni dinero para comprarla, y estaban demasiado cansados para ir a buscar alimento.

Al final del día estaban extenuados.

—Estoy cansado pa ir a pedir comida —dijo Armando mirándose las manos sucias y adoloridas por el trabajo.

—¿Cuándo nos irán a pagar?

—Al final de la semana; la señorita Doris nos dijo esta mañana. ¿Fue que no oyó? —respondió Joaquín un poco exasperado con su amigo—. Mejor salgamos; ha sido un día muy largo.

Caminaban despacio, arrastrando los pies sin rumbo ni dirección.

—¿Pa dónde vamos? Aquí no podemos conseguir nada de comida, y tengo un hambrerón de ésos —exclamó Armando abrazándose el estómago, lo que no era raro en él.

—Espérese tantico y déjeme pensar —dijo Joaquín, y se recostó contra la pared de una edificación por donde pasaban, para dedicarse a reflexionar—. Bueno, primero vamos a descansar allá, en ese potrero; después buscamos por ahí un barrio cercano donde nos den algo pa llenar la barriga.

No fue mucha la comida que los amigos consiguieron ese día para acallar sus hambrientos estómagos. Estos hallazgos se componían de dos pedazos de pan duro que, por lo menos, tenía una semana de comprado, y un poco de arroz que les dieron entre una bolsa de plástico, viandas que provenían de una extraña casa, una de las pocas que encontraron en esa área de fábricas y uno que otro almacén.

Tuvieron suerte esa noche; fue una noche calmada y no muy fría. Los muchachos encontraron detrás de la fábrica un sitio propicio para dormir, encogidos entre las cajas que no servían y que al día siguiente el carro de la basura iba a recoger.

—A yo no me gusta mucho este trabajo; estoy que no lo aguanto. ¿Volvemos a trabajar en la calle como antes? ¿Qué dice, manito? —expresó Armando.

—Este trabajo no es como pa nosotros. Yo también me siento como enjaulado, todo el día zampado en esa fábrica —respondió Joaquín al terminar el tercer día de trabajo.

—¿Qué dice, manito, si le decimos a la señorita Doris que yo estoy muy enfermo y que no puedo trabajar más? —propuso Armando ansioso de salir de la congestionada bodega en donde habían pasado los últimos días, que se les habían hecho interminables.

—Tiene razón esta vez, manito; vamos a pedir lo que nos deben y a gozar de esos pesitos —dijo Joaquín, que ya empezaba a saborear el fruto de su labor.

("Perdóneme, Pingo Pingo; lo intenté, pero usté sabe que los pájaros no podemos enjaularnos, ¿verdad?")

("Ay, ¿por qué me inventó? Trata uno de hacer de usted un muchacho normal, y ya ve. Bueno, tal vez la próxima...".)

Armando y Joaquín corrieron hacia el Parque Nacional con renovadas energías en el cuerpo y unos pesos en el bolsillo. Estaban dispuestos a continuar la vida como se les fuera presentando.

Capítulo V

—Ésta sí fue la comida más buena que me haigan dado en toda mi vida —exclamó Armando, que se chupaba los dedos una y otra vez.

—¿No le dije? Pa que vea que yo sí sé a dónde llevarlo. Éste es el mejor sitio pa comer; un poco lejos, pero la alimentación es buenísima, y no lo miran a uno como si fuera basura, como lo hacen allá en el norte —dijo Joaquín limpiando el plato con un pedazo de pan, hasta que quedó más limpio que antes de haberle puesto la comida.

El establecimiento se alegraba con la risa y el ruido de los comensales. El olor a cerveza impregnaba el ambiente. Los gamines se mezclaban con la clientela del lugar sin desentonar en ningún momento. Estaban rodeados de hombres sucios y harapientos con ojos vidriosos, que ahogaban sus problemas y sus luchas por la supervivencia en el alcohol que con desesperación ingerían. Algunas mujeres se unían a los clientes y con ellos se reían a carcajadas mientras trataban de olvidarse de sus penas. Botellas de color ámbar cubrían las mesas grises y desconchadas.

—Ojalá nos hubiéramos encontrao desde mucho antes, manito; usté ha estado en un pocotón de sitios de lo más buenos —dijo Armando mirando a su alrededor y sintiéndose importante solamente por hallarse en ese lugar.

—Hace ya un jurgo de meses que andamos juntos, y la hemos pasao bien. ¿Se acuerda del día que nos conocimos? —preguntó Joaquín con la boca llena del último pedazo de pan que quedaba en la mesa.

—Cómo no me voy a acordar, fue en el Parque Nacional, yo andaba por ahí solo, hambriado y triste. No sé qué hubiera hecho si no lo encuentro, manito. Desde que me volé de mi casa andaba escondido y medio muerto de hambre, y no podía defenderme de los otros gamines que me pegaban y me quitaban la comida que conseguía. Qué suerte que lo encontré, Joaquín; hacemos buena pareja —afirmó Armando orgulloso de sus hazañas y feliz de la buena fortuna de haber encontrado a un amigo como el que tenía enfrente.

—Usté habría tenido que aprender a defenderse, tarde o temprano, o por ahí lo habrían encontrado muerto de hambre. A yo me pasó lo mismo al principio; sólo que yo empecé más chiquito; tenía unos cinco años. Se lo digo, mano, no es fácil vivir en la calle cuando uno es el más chiquito. Los gamines grandes me hacían pedir dinero y comida, y después me quitaban todo; me daban sólo un poco de las sobras pa que siguiera trabajando pa ellos. Pero no fui tan bobo, y pronto aprendí.

—Sí, yo sé cómo es eso; cuando uno es chiquito la gente le da limosna. La cucha me ponía a pedir, me pinchaba y pegaba pa que chillara y a la gente le diera lástima. A veces me cortaba con una cuchilla pa que me saliera sangre y así llevara más monedas a la casa.

Armando paró de hablar por un momento; recordaba con horror las terribles experiencias que habían hecho de su infancia una continua pesadilla.

Joaquín no respondió: guardaba silencio; palpaba el sufrimiento que su pequeño amigo revivía. Después de unos minutos, durante los cuales ambos parecían estar sumidos en el pasado, preguntó:

—¿Por qué se esperó tanto pa largarse?

—Pues ni sé; le tenía miedo a mi mamá. Una vez lo intenté; me fui y pasé la noche escondido detrás de unos árboles cerca a donde vivíamos... La cucha me encontró y me dio una paliza que casi me deja cojo, y no volví a tratar de huir hasta cuando me largué del todo —Armando hizo una pausa—. ¿Y usté por qué se largó?

—Yo no me largué. Mi taita, mi mamá y mi hermano vivían con yo. Mi taita se fue un día, y nunca volvió. La cucha lloraba todo el tiempo. Después se fue mi hermano, y tampoco volvió. Vivíamos en una casa destartalada allá puel sur. Otras gentes vivían en esa casa. Una noche se fue la cucha, y yo esperé, días y días... Vivía con hambre; sólo comía los sobrados que me daba la gente que vivía en la casa. Un día, un hombre, una mujer y unos chinos vinieron a vivir al cuarto donde yo estaba, y me echaron.

Joaquín recitaba su historia como si estuviera hablando de otra persona. Había pasado mucho tiempo; él había cambiado, y había aprendido mucho. Casi nunca hablaba de sus primeros años de vida; trataba de no pensar en ellos; no le gustaba sentirse triste; tenía temperamento alegre y optimista, y se había prometido hacer lo posible por llevar una vida tan buena como fuera posible dentro de las circunstancias que le habían tocado.

—¿No sabe por qué su cucha no volvió? —le preguntó Armando con curiosidad.

—No, pero creo que no sabía qué hacer con yo. Antes de irse decía que no sabía cómo me iba a dar de comer. Fue entonces cuando Pingo Pingo se hizo cargo de yo.

—Yo fue que no serví pa más; mi cucha me mandaba a pedir, y ya no me daban monedas como cuando estaba chiquito. Si no llevaba las monedas a la casa, me daba duro. Un día ya no pude más y me largué.

—Mejor no pensemos más en vainas tristes; todavía tenemos unos pesitos. Lo invito a que nos tomemos una cervecita; hemos trabajado mucho, y nos la merecemos —propuso Joaquín dejando su recorrido por el pasado, que tanto sufrimiento le había producido, lo mismo que a su compañero de los últimos meses.

—Pues no sé; la cerveza me marea; más bien pidamos otro sancochito; esas papas y esa yuca con guiso estaban de rechupete. Y fíjese, mano, que nos trajeron todo a la mesa.

Armando gozaba de esa ocasión tan especial; no se acordaba de haberse sentado antes en un restaurante a que le sirvieran, pues siempre tenía que mendigar la comida que se llevaba a la boca.

—Ya se tragó un platado de sancocho; mejor nos bebemos dos cervecitas, y pal postre unas panelitas de leche —dijo Joaquín, y llamó a la mesera sin esperar respuesta de Armando.

—¿Qué quieren, muchachos? —les preguntó la mesera, una joven de formas exuberantes que tenía un vestido descotado manchado de comida y que parecía que se iba a ir de cabeza pues estaba encaramada en unos tacones altísimos. De las orejas le colgaban unos enormes aros. La muchacha parecía estar a gusto trabajando en el lugar repleto de hombres.

—Dos cervezas, por favor —ordenó Joaquín, con tal seriedad que la mesera no pudo menos de reír.

—¿Cerveza? ¿Quieren emborracharse? A ver, ¿dónde tienen el billete para pagar?

—Tenemos suficiente, mírelo —Joaquín le mostró los billetes y las monedas que les quedaban.

—Bueno, mientras tengan con qué pagar me imagino que está bien que se tomen la cerveza. No es culpa mía si empiezan a tomar antes de tiempo. Será mejor que aprendan —dijo la joven mesera mirando la parte práctica de la vida.

—Señorita, nos trae también unas panelitas de leche —le gritó Joaquín a la mesera que estaba ya tomando el pedido en otra mesa.

—Ya se las llevo.

—Esto se volvió un festín. ¿Pa dónde agarramos cuando salgamos de aquí? —preguntó Armando ansiando algo interesante.

—Pa donde unos amigos que yo tengo por estos lados. Son mayores, y me enseñaron muchas cosas. No los he vuelto a ver.

—¿Y por qué no se quedó con ellos? —preguntó Armando.

—Se volvió una pandilla muy grande, y los muchachos nuevos no gustaban de yo; no les caí en gracia, ni ellos a mí. Yo me fui y no he vuelto por esos lados.

—Aquí están las cervezas y las panelitas de leche. Huy, ¡qué revuelto, muchachos! —exclamó la mesera y puso en la mesa las botellas, dos vasos de plástico que dejaban ver el uso en el deterioro, y las dos panelitas de leche que venían servidas en platos blancos desportillados. La mesera recogió el dinero y desapareció con una sonrisa en los labios.

Los amigos comenzaron a tomarse, sorbo a sorbo, el espumoso líquido, que les dejó un bigote blanco sobre el labio superior y una extraña sensación en la cabeza. El rostro de Armando se distorsionaba al pasar la amarga bebida.

—Sabe mejor cuando uno ya se ha acostumbrado al sabor —le aseguró Joaquín a su amigo al verlo ingerir el licor con dificultad.

Se tomaron lentamente el dorado líquido mientras observaban a la gente que los rodeaba. Se sentían grandes e importantes, como nunca se habían sentido.

—Malhaya de un cigarrillo pa con la cerveza —dijo Joaquín mirando a su alrededor, como si esperara encontrar lo que deseaba. De pronto se levantó de un salto. Se alejó un poco, y volvió unos segundos más tarde con un cigarrillo a medio fumar que había recogido de la mesa de al lado.

—¡Qué tremendo! Usté siempre encuentra la forma de conseguir lo que quiere —exclamó Armando arrastrando las palabras que pronunciaba.

—Bueno, ¿qué quiere? Ya le dije que a yo se me facilita la vida; con el ojo abierto uno se las arregla. Quedan unas chupaditas, unas para usté y otras para yo —dijo Joaquín arreglando el cigarrillo y emparejándole la parte quemada—. Señorita, ¿podría prestarme un fósforo? —le gritó a la mesera, que en ese momento pasaba con una bandeja llena de botellas y vasos de plástico.

—¿No les da vergüenza, muchachos? Tomando y fumando a la edad de ustedes —dijo la mesera mirando a los gamines con lástima. Ella sabía cómo era; también había vivido una vida azarosa—. Ya vuelvo.

("Sí, ella tiene toda la razón; ¿qué es eso de estar bebiendo y fumando? Pórtese bien, Joaquín" .)

("Nos estamos divirtiendo; es justo, ¿no?")

("Sí, pero... ".)

Se fumaron el medio cigarrillo hasta casi quemarse los dedos, y se bebieron hasta la última gota de cerveza. Cuando vieron que no había nada encima de la mesa, se pusieron en pie y, con gran dificultad, salieron a la calle.

—Debe ser tardísssimo —dijo Joaquín, tratando de enfocar los ojos en la acera por donde caminaban sin dirección alguna.

—Debe ser media noche; muy tarde pa visitar amigos.

—Estoy mareado, me quieeero acostar —murmuró Armando, y se sentó en el borde de la acera.

—Párreesse, manito; aquí no podemos quedarrnos —decía Joaquín con dificultad, haciendo un gran esfuerzo por aclarar la mente. Por aquí es peligroso.

Armando se había recostado en su brazo y se había quedado profundamente dormido.

—¡Ándelee! Párese. Busquemos ottrro sitio pa dormir. Tal vez los amigos de que le hablé nos den un buen siitio para esta noche. Apúrele, mano, camminne.

Joaquín se las arregló para mantenerse en pie y ayudar al adormilado muchacho a levantarse. Recostados el uno en el otro, caminaron dos cuadras en zig-zag. Estaban completamente desorientados.

—Agárrese bien, que vamos pal otro lado de la calle —dijo Joaquín, y tomó a Armando del brazo.

La intensidad de una luz los encandiló.

—¡Espere, Armando, no se suelte! —gritó Joaquín.

Se oyó el chirrido de llantas, el sonido de vidrios que se rompen y el ruido seco de un cuerpo que cae al suelo, y luego silencio.

—Armando, Armando, ¿dónde está? Conteste, manito, por favor. ¡ARMANDO! —gritó Joaquín lleno de pánico.

—¿Está solo? —preguntó la voz entrecortada de un hombre, al que no veía en la oscuridad.

—Sí. ¿Dónde está mi amigo? Señor... Usté no atropelló a mi amigo, ¿verdad? Conteste, por favor. Ayúdeme —imploró Joaquín. Tenía las manos heladas y el corazón le palpitaba intensamente.

—Aquí tiene este dinero. Llame una ambulancia, pronto.

La voz le temblaba al hombre, lo mismo que el cuerpo. Después de darle el dinero y las órdenes a Joaquín, el hombre subió rápidamente al automóvil, dio marcha atrás para alejarse del cuerpo de Armando y, tomando el otro lado de la calle, se alejó y desapareció en la oscuridad de la noche, dejando al aterrado Joaquín parado en la acera con el billete en la mano.

Capítulo VI

—¿Pa dónde se lo llevan?... ¿Está vivo? —preguntó Joaquín con pánico. Tenía las manos empapadas de sudor frío y los labios resecos. Nunca se había asustado tanto; ni siquiera cuando su mamá lo abandonó.

—Lo llevamos para el hospital, y usted no puede ir. Vamos al San Juan de Dios —respondió un hombre joven que vestía una bata blanca y que estaba examinando el cuerpo del niño que yacía en la camilla.

—Déjeme ir con él, por favor, hágame ese favor.

—No podemos llevarlo; ya se lo dije. Váyase. Quítese del camino, que tenemos que irnos, o no hay salvación para su amigo —contestó el hombre, que ya estaba examinando a Armando. Luego cerró la puerta de la ambulancia, dejando a Joaquín por fuera.

—Por favor, déjeme...

La voz de Joaquín se ahogó con el ruido que hizo el vehículo al arrancar a toda velocidad. El muchacho quedó solo y confundido en la oscuridad de esa terrible noche.

Era una pesadilla que no podía haber sucedido. Joaquín se frotaba los ojos. "No puede ser cierto, no puede ser", decía desconsolado. Se sentía enfermo; el estómago le daba vueltas como si estuviera en una montaña rusa. Corrió a la parte de atrás de una edificación y vomitó. Tenía el rostro empapado de sudor frío. Seguía recordando el chirrido de las llantas y el golpe del vehículo contra el cuerpo de Armando.

Joaquín había corrido hasta donde se encontraba su amigo apenas lo atropelló el vehículo que desapareció en lo negro de la noche Lo había llamado hasta cansarse. Armando no había dado señales de vida. Desesperado, en desenfrenada carrera devoró las cuadras que lo separaban de la fonda en donde habían comido. Entró de nuevo, gritando: "¡Ayúdenme, por favor, un carro atropelló a mi amigo!" En unos segundos, los ocupantes del recinto se agruparon alrededor del desventurado gamín, que seguía tendido en la mitad de la calle. Los curiosos se miraban entre sí tratando de asimilar lo que acababa de pasar; la mayoría estaban borrachos. La mesera que los hay se sentía incapaz de vomitar más. "Tendré que descansar", se dijo sintiendo que las piernas ya no le obedecían. Casi arrastrándose, llegó hasta un frondoso árbol; penosamente se acercó al lugar que lo invitaba a descansar; se recostó contra el tronco, y en unos minutos se quedó profundamente dormido. El sueño fue pesado y lleno de imágenes que lo atormentaban; el accidente se producía una y otra vez en su mente con la misma vividez que cuando lo vivió en la realidad.

"¡Armando!", gritó despertándose sudoroso y confuso. Tardó unos momentos en recordar lo que había pasado y por qué estaba en ese lugar. Estaba acostumbrado a despertar en distintos lugares cada mañana, lo cual, en los primeros momentos, le producía confusión; era como un juego para él; recordar eventos del día anterior que culminaron en el sitio en donde pasó la noche. Nunca antes había despertado con esa angustia, ese terror y ese horrible peso que sentía en el pecho.

Joaquín se puso en pie con dificultad, e inmediatamente después se fue de bruces sobre el césped frío que rodeaba al árbol que le había servido de oasis por un par de horas. El muchacho estaba débil y cansado. Esperó unos momentos para recuperar las energías y volver a emprender camino hacia el hospital. Hacía frío; Joaquín tiritaba; caminaba tan rápido como podía. Le costaba trabajo mantener el paso. No cedió a su debilidad, y con gran esfuerzo continuó su camino en la negrura de la interminable noche.

El ruido de pisadas en el silencio de la noche lo hizo parar en seco. Paralizado por el terror, se quedó escuchando sin atreverse a respirar recio. Se recostó contra la pared, casi desapareciendo dentro de los ladrillos. Un hombre pasó como una ráfaga enfrente de él; otros pasos se acercaban. Un segundo hombre corrió detrás del primero, gritando "¡Ladrón!" Por último, le dio alcance.

Joaquín oyó el sordo sonido de los puñetazos en el cuerpo de los protagonistas del insólito acontecimiento, seguido del estruendo de un disparo. El gamín se quedó quieto, muy quieto. Se oyeron ruidos de pasos que se alejaban, quejidos y después Joaquín esperó un largo rato antes de aventurarse a moverse un centímetro de donde se hallaba. Con angustia se preguntaba qué habría sucedido a tan corta distancia de su escondite. Había vivido en las calles casi toda su vida; sabía a lo que se dedicaba el hampa a altas horas de la noche, especialmente en ciertos sectores de la ciudad. Él venía de uno de estos lugares, de los cuales hasta ahora había tratado de mantenerse alejado, aunque no siempre le era posible.

"Ahora ¿qué hago, Diosito?", se preguntó el desventurado muchacho. Cautelosamente, empezó a caminar forzando los ojos para poder distinguir en la oscuridad las figuras de los hombres que habían participado en la pelea. Oyó un chillido casi a sus pies, que lo hizo dar un brinco hacia atrás.

"No, no por favor", imploraba la voz.

Joaquín quedó paralizado. A pocos pasos, de él, estaba tendido un hombre. La lejana luz de la calle medio iluminaba la figura ensangrentada del desconocido. Joaquín trató de hablar, pero no pudo emitir sonido alguno.

—¿Quién está ahí? —preguntó el herido cuando se dio cuenta de que Joaquín no era la persona que él creía—. Óigame, muchacho, ayúdeme —imploró el hombre con voz, débil—. Estoy herido.

—¿Qué? ¿Cómo? ¿Que le ayude? —preguntó Joaquín con voz temblorosa.

—Ayúdeme a caminar hasta mi casa; queda allá, al otro lado —el hombre señaló en dirección al lugar deseado—. Tome este pañuelo; póngamelo aquí en el hombro y apriételo bien duro.

El herido le extendió un pañuelo arrugado, que Joaquín tomó y, valiéndose de las pocas fuerzas que le quedaban, se agachó a ayudar al desconocido.

Habiéndose apoyado en el muchacho, el hombre le preguntó:

—¿Qué hace usté solo por estos lados de la ciudad?

Joaquín le contó lo del accidente y de sus intenciones de ir al hospital a buscar a su amigo. El desconocido pesaba en forma increíble sobre el pequeño gamín, que hacía lo imposible por mantenerse en pie, arrastrando los pies con gran esfuerzo por las oscuras calles de la ciudad dormida, en esa noche que le había traído tan inesperados acontecimientos.

—Golpee recio en la puerta —le ordenó el herido. Joaquín sentía que la sangre del desconocido le mojaba la mano derecha. Estaba asustado y débil. Quería huir a toda velocidad, pero se sintió incapaz de hacerlo.

Obedeció y golpeó tan recio como pudo, aunque no lo suficiente como para que abrieran.

—Con la pata. Déle. Apúrele, que me voy a desmayar —la voz era débil pero imperativa.

Joaquín rezó para que el herido no se fuera a morir en sus brazos. Finalmente, oyeron ruidos. El pie y la mano le dolían de tanto darle golpes a la puerta.

Abrió una mujer de cabellos desordenados que le caían sobre el rostro. Llevaba un suéter verde sobre un vestido indistinguible que ella cerraba sobre el pecho para protegerse del frío de la noche.

—¡Virgen Santísima, Aurelio! ¿Qué pasó? —exclamó la mujer refregándose los ojos.

La luz que se acababa de encender en la vivienda encegueció momentáneamente al muchacho. Después de unos segundos pudo enfocar la vista y darse cuenta del lugar en

donde estaba. Lo encerraban las paredes mugrientas de una casa vieja.

—Me dispararon, ¿no ve? Ayúdeme a llegar a la cama —le ordenó Aurelio a la mujer,
agarrándose de ella, sin dejar de apoyarse en
el brazo de Joaquín.

Llevaron a Aurelio, atravesando un patio
de baldosín, hacia la parte de atrás de la destartalada casa. Varias puertas se abrían a lado
y lado del patio, y los ojos soñolientos de los
inquilinos se despejaban para enterarse de lo
que sucedía. A Joaquín la casa le traía recuerdos de su infancia; se parecía mucho a la casa
en que él vivió hasta que lo abandonaron sus
progenitores.

—No pasa nada, vuelvan a la cama —gritó la mujer; los curiosos inquilinos quedaron
más intrigados que antes.

—Señor, ahora que está en su casa, lo dejo.
Tengo mucho que caminar hasta el hospital.
Será mejor que me vaya ya.

—¿Dónde cree que va a llegar a estas horas?
Venga pa acá, chino —le ordenó el herido.

—Mejor será que me vaya. Tengo que ver
a mi amigo; necesito saber cómo está —insistió el gamín, sin saber qué pensar.

—¿Cómo se llama, chino?

—Joaquín —dijo, y miró a su alrededor
con recelo.

—Joaquín, usté no se puede ir. Usté sabe
lo que pasó, me conoce... Fuera de eso, me
puede ser de mucha ayuda.

Aurelio, recostado sobre el sucio cobertor de la cama, conversaba con el gamín mientras la mujer lo ayudaba a meterse debajo de la mugrienta manta y a la vez trataba de detenerle la hemorragia apretándole una toalla contra el hombro.

—Será mejor llamar a Marina para que vea esta herida. No quiere parar la sangre —dijo la mujer, sin prestarle atención a Joaquín.

—Ándele, vaya rápido; ella siempre sabe qué hacer —le respondió Aurelio apurando a la mujer—. Marina era enfermera allá en su tierra; aquí receta a todos —le explicó el herido a Joaquín mientras la mujer se iba a buscar a Marina.

Joaquín no dijo una palabra; su mente funcionaba rápidamente buscando la manera de fugarse de allí.

—Venga acá, muchacho; siéntese. Me alegro de que me haya visto; le estoy agradecido, y le voy a demostrar mi agradecimiento dándole trabajo. ¿Qué dice, Joaquín?

Aurelio dejó de hablar; parecía estar adolorido y débil, y no se le veían ganas de continuar la conversación.

Joaquín vio el momento oportuno de huir; sólo tendría que esperar a que Aurelio, vencido por el agotamiento, cerrara los ojos. Ruidos de pasos interrumpieron sus pensamientos y le impidieron que llevara a cabo sus planes. La puerta de la habitación se abrió y entraron las dos mujeres que venían a hacerse cargo del herido.

"Diosito, no me desampares; ayúdame a salir de aquí". Joaquín miraba a su alrededor en espera de respuesta a su oración.

("Tenga paciencia, que yo también estoy rezando. Esto es un poco más complicado de lo acostumbrado. Se ha metido en una... Y si no le apura... Bueno, no quiero ni pensarlo. Se lo dije...".)

("Ahora no estoy pa sermones".)

Capítulo VII

Joaquín se despertó acurrucado en un rincón; le dolía todo el cuerpo y tenía el cuello torcido. Hizo un gran esfuerzo por abrir los ojos, pesados de sueño, tratando de identificar el lugar en que se hallaba. El sol penetraba por una estrecha ventana e iluminaba la figura del hombre que estaba durmiendo en la cama a corta distancia de donde estaba Joaquín. Los eventos de la noche anterior se agruparon con vividez en su mente; recordó a la huesuda mujer llamada Marina, quien había lavado y limpiado la herida de Aurelio y, después de darle una pastilla, había vuelto a su aposento. Joaquín se había quedado dormido en un rincón de la alcoba mientras esperaba la oportunidad de escapar.

La mujer que debía de ser la esposa de Aurelio dormía en un estrecho catre cerca de la puerta. Joaquín, con gran dificultad, logró ponerse en pie y estirar su cuerpo cansado. Durante unos momentos se quedó absorto mirando a la pareja que parecía dormir profundamente. Estaba maquinando su plan de escape. Si pudiera abrir la puerta sin despertar a los durmientes, estaría a salvo.

Aurelio se quejó y abrió los ojos antes de que Joaquín pudiera hacer nada. "¡Ay-ayay!", gritó el hombre al tratar de sentarse. De un brinco la mujer se puso en pie mientras Joaquín esperaba el desarrollo de los acontecimientos.

—¿Que pasa? —preguntó ella, que asustada y soñolienta miraba a Aurelio como si se hubiera olvidado de él.

—¿No ve que tengo mucho dolor? ¡Caray!... Alcánceme otra pastilla de ésas —gritó Aurelio obviamente adolorido y de muy mal genio.

La mujer se acercó silenciosamente a una mesa de madera pintada de azul que estaba debajo de la pequeña ventana y en la cual se encontraban las pastillas y un vaso de plástico con un poco de agua.

—Fue una suerte que la bala no le hubiera hecho más daño —dijo la mujer mientras Aurelio se tragaba la pastilla.

—¿Suerte? ¿Cuál suerte? ¿Es que usté llama a esto suerte? —gritó Aurelio furioso—.

Duele como el demonio, se siente como si le enterraran a uno mil cuchillos. Pero, eso sí, el hombre que me hizo esto me las pagará, eso lo juro, el miserable, hijo de...

—Cálmese, que eso le hace mal —afirmó la mujer mientras se ponía un par de zapatos viejos. Con un gancho se recogió el cabello hacia atrás. Vestía las mismas prendas del día anterior—. ¿Quiere desayunarse? —le preguntó con desgano.

—Sólo una taza de agua de panela. Eso me dará fuerzas. Y ya que anda en ésas, déle una llamada a Cardozo; dígale que lo necesito, que venga tan pronto pueda —ordenó Aurelio con voz más fuerte que la que se esperaba de un herido.

—Todavía está muy temprano, y usté sabe que él duerme hasta tarde —replicó la mujer antes de salir de la habitación.

—Eso no importa. O ¿es que cree que no ha pasado nada? Vaya; ándele y no vuelva aquí con disculpas.

Joaquín observaba la escena en silencio, quieto y sin hacer ningún ruido, esperando que la pareja se olvidara de él. Esperaba a que la mujer se fuera y Aurelio se volviera a dormir, para, calladamente, encontrar la forma de salir de la casa. Se recostó contra la pared, esperando pasar inadvertido, protegido por las sombras que lo rodeaban.

("¿Qué dice, Pingo Pingo, me arriesgo y corro, o sigo con mi plan? Usté no se ha portado bien; mire en las que ando, y nada que viene a ayudar".)

("Y ¿acaso es culpa mía? ¿Quién fue el que se emborrachó y...?")

("No siga... ya lo sé".)

("Entonces... espere y aguante un poco".)

—Chino, ¿está despierto?

La pregunta sobresaltó a Joaquín; seguro de que el herido había vuelto a quedarse dormido, iba en punta de pies hacia la puerta.

—Sí, señor —respondió Joaquín con voz, casi imperceptible—. Señor, déjeme ir, ya le ayudé a llegar aquí; fíjese que ya está mejor. No sé si mi amigo está vivo o muerto.

Pronunciar esta última palabra le producía escalofrío. Joaquín trataba de disfrazar de calma el terror que lo embargaba.

—Claro que necesito su ayuda, y ya le dije que por su amigo no podemos hacer nada. Tengo planes pa usté, chino. Hacer amigos es fácil; por ahí se conseguirá otro. Un chino como usté es lo que necesitamos. Siéntese ahí mientras llega Cardozo —ordenó Aurelio señalándole una silla de vaqueta con el espaldar desprendido.

Joaquín se quedó esperando a que Aurelio se explicara, pero no lo hizo. Aurelio dormitaba sin dejar de vigilarlo.

El pobre gamín se sentó a aguardar el desarrollo de los acontecimientos. Nunca había estado metido en un lío tan grande; se sentía vencido, sin saber qué hacer. "Tiene que haber un modo", se dijo a sí mismo para animarse un poco. Pensó en Armando y rezó por su amigo con todo el fervor que encontró dentro de sí.

("Pingo Pingo, ¿por qué no me ayuda? Vamos, ¿qué espera?")
("Aguante... aguante, todo saldrá bien".)

La mujer regresó después de un largo rato, con dos tazas de agua de panela y varios pedazos de pan francés. Joaquín agradeció la comida que le brindó ella; tenía el estómago desocupado. El muchacho mojó el pan en la caliente y dulce bebida. Unos minutos más tarde, se sintió un poco mejor; la energía volvió a su cuerpo, que poco a poco se calentó y se recuperó con los efectos que las calorías del rojizo líquido le produjeron.

—¿Qué pasa, Aurelio? ¿Cuál es el afán? —preguntó un hombre grueso que entró en la habitación sin siquiera llamar a la puerta.

—Estoy herido; afortunadamente fue superficial; pero perdí mucha sangre —exageró Aurelio, que se veía delgado y pálido en comparación con el recién llegado.

Los dos hombres se enfrascaron en una conversación que Joaquín no entendió. Hablaban sobre trabajos, enemigos, y del hombre que había herido a Aurelio y de cómo iban a vengarse de él, parte que Joaquín entendió perfectamente.

—Cardozo, éste es Joaquin, un chino valiente y aventurero que nos va a ser de gran ayuda; tiene el tamaño que necesitamos; cabe por entre cualquier ventana —afirmó Aurelio presentándole al gamín, que observaba con curiosidad y atención lo que sucedía a su alrededor.

El recién llegado tenía cara de pocos amigos y no le inspiraba la menor confianza a Joaquín, que se preguntaba qué tendrían entre manos los compinches y qué se propondrían hacer con él. Miró a la mujer, que se había sentado en un asiento, buscando en ella ayuda, comprensión, consuelo, cualquier cosa que le pudiera ofrecer, pero sólo encontró en sus ojos resignación y sufrimiento. Ella no haría nada que contrariara al hombre que yacía en la cama, al cual le tenía un miedo horrible; la tenía casi muerta en vida.

Cardozo miró al muchacho de pies a cabeza y lo hizo sentir incómodo y asustado.

—¿Dónde consiguió al chino?

—Él fue el que me ayudó anoche a llegar hasta aquí. Tiene cara de ser capaz —afirmó Aurelio, que parecía sentirse mejor.

—Lo podemos poner a prueba. Nos serviría muchísimo —aseguró Cardozo; y sin más comentarios, volvió a ocuparse de otros temas.

—Tenemos que arreglar este asunto con la pandilla del Gallinazo. Esa parte de la ciudad siempre ha sido para nosotros; la de ellos está al oeste —declaró Aurelio enfáticamente.

—Está en el límite, y ahora el Gallinazo trabaja en esa parte. Usté sabe las reglas: no meterse en el territorio de otras pandillas —dijo Cardozo.

—¿Y eso por qué no me lo dijeron? Allá fui a trabajar anoche; de todos modos, eso debiera ser de nosotros. Ellos tienen un territorio más grande —protestó Aurelio.

—Eso lo vamos a decidir muy pronto. Vuelvo más tarde por el muchacho —dijo el hombre grueso y de mala facha, y salió apresuradamente, sin despedirse.

Joaquín estaba asustado: había empezado a comprender el negocio de Aurelio y de su amigo; su vida en las calles le había enseñado las idas y venidas de las pandillas a las que hasta ahora había hecho lo posible por evitar. Una extraña cadena de circunstancias lo había llevado a la cuna de ésta. La imagen de Cardozo lo hizo temblar de pies, a cabeza; tenía figura de malo. "Seguro que es capaz de cualquier cosa", pensó Joaquín mirando por la pequeña ventana hacia un patio pavimentado con cemento, lleno de chécheres, que por un momento lo distrajeron: una bicicleta rota, una estufa oxidada, latas de todos los tamaños y otras cosas por el estilo se amontonaban en el patio.

Joaquín pensó en Armando; cómo le hubiera gustado a su amiguito escarbar entre todos esos desechos buscando algún tesoro. Pobre Armando; solo y herido en un hospital. "Yo sé que está vivo; lo presiento", murmuró aún con los ojos fijos en la ventana.

—¿Qué dice, muchacho? —le preguntó Aurelio, que estaba sintiendo fastidio y se sentía incómodo.

—Estaba pensando en mi amigo Armando. Quiero ir a buscarlo... Le ruego, señor Aurelio, que me deje ir, por favor —Joaquín volvió con su súplica haciendo el último intento.

Aurelio no estaba de buen humor para súplicas.

—Ya es suficiente, estoy hasta la corona de su amigo. Usté va a estar muy ocupado como para no pensar más que en su trabajo, y en ponerle cuidado a lo que diga Cardozo. Hoy se va a trabajar con él. Cuando ya esté entrenado, lo ponemos con un grupo, y ya verá que no vuelve a acordarse del chino que tanto le preocupa. Ahora voy a dormir —dijo, y dirigiéndose a la mujer añadió—: Cuidado con dejarlo ir.

El tiempo transcurría lentamente. La mujer se ocupaba de arreglar la habitación; trabajaba en silencio para no despertar a Aurelio, que al fin se había quedado dormido. Cumpliendo las órdenes que éste le había dado, la mujer no le quitaba los ojos de encima a Joaquín. Si el muchacho se escapaba ella sería la responsable, y eso no lo podía permitir.

—Necesito ir al baño —dijo Joaquín en voz muy baja.

La mujer lo miraba sin decir palabra alguna; parecía estar decidiendo qué hacer. Después de pensarlo un largo rato, le dijo:

—Venga conmigo.

Salieron de la pieza sin hacer el menor ruido; la mujer llevaba a Joaquín bien cogido del brazo. Atravesaron el patio abriéndose paso entre los chécheres que impedían caminar libremente. Avanzaron por un estrecho corredor que terminaba en la parte de atrás de la casa y, finalmente, llegaron a un cuarto oscuro. El olor hizo retroceder a Joaquín; el estómago se le revolvió otra vez; el agua de panela se le subió a la garganta. El gamín estaba acostumbrado a toda clase de olores, pero éste era peor que todos los demás juntos.

—Ándele, que de pronto se despierta Aurelio —dijo la mujer. Jaló la cuerda de la bombilla y cerró la puerta; dejó a Joaquín en el nauseabundo lugar.

Joaquín salió casi inmediatamente; tenía el rostro rojo de contener la respiración, quería alejarse de allí rápidamente.

—¿Qué más se puede esperar con más de treinta personas y un solo baño? —explicó la mujer.

—Sí, todavía me acuerdo de esos olores... Cuando era pequeño vivía en una casa como ésta, sólo que se me había olvidado lo fuerte que olía un baño así —dijo Joaquín mientras se dirigían a la habitación en que había pasado la noche.

La mujer no volvió a abrir la boca. Aurelio todavía dormía y se quejaba. Joaquín volvió a su lugar y se sentó a esperar. La calle lo llamaba; se sentiría mejor una vez que estuviera afuera, lejos de esas cuatro paredes que lo acorralaban. En alguna forma tenía que salir del cautiverio en que se encontraba y librarse de las garras de la gente que quería aprovecharse de él.

No tuvo que esperar mucho. Cardozo volvió; irrumpió en la habitación como si lo hubiera hecho en la suya.

—Es hora de irnos. ¿Cómo dijo que era su nombre, chino?

—Joaquín —contestó el gamín con voz casi imperceptible.

—Camine, Joaquín, vamos a trabajar.

—¡Aprenda bien el oficio! —gritó Aurelio, que se había despertado con la entrada intempestuosa de su corpulento compinche.

Joaquín miró a Aurelio con resentimiento.

—Adiós —dijo el gamín con desgano antes de salir con el hombre de mala facha que lo agarró del brazo.

Capítulo VIII

Finalizaba el mediodía cuando Joaquín salió a la calle otra vez. Habían pasado tantas cosas desde el día anterior, que más bien le parecían días o semanas desde cuando alegremente había ido a gastar con Armando el dinero que habían ganado trabajando en la fábrica de cajas de cartón.

Estaban en el sur de la ciudad, no muy lejos de la fonda en donde la noche anterior los dos amigos, contentos y despreocupados, habían comido y bebido sin prever las consecuencias que esto les traería.

Una vieja y destartalada camioneta los esperaba enfrente de la casa. Un hombre que tenía una horrible cicatriz en la mejilla estaba sentado en el puesto del chofer.

—¿Quién es el chino? —preguntó con cierto desprecio.

—Un nuevo miembro de la pandilla —dijo Cardozo, y le explicó las circunstancias en que Aurelio había conocido a Joaquín.

—Ajá... ¿A dónde vamos? —preguntó nuevamente el chofer, sin prestarle más atención a Joaquín.

—Ensayemos otra vez el truco de las reparaciones, allá por el barrio El Lago. Ya averigüé dónde hay una muchacha nueva —propuso Cardozo—. Además, tengo toda la información.

Anduvieron un largo rato por los tugurios hasta que llegaron a los barrios más prósperos de la capital.

Joaquín pensó en saltar del vehículo en la primera parada que forzosamente tuviera que hacer, pero desistió de ello después de examinar la situación con calma. Cardozo tenía el brazo en el espaldar del asiento, detrás de su cabeza; sin duda lo agarraría si trataba de abrir la puerta. Tendría que esperar a que se le presentara otra oportunidad.

Pararon frente a una elegante residencia protegida por una verja de hierro. Cardozo se bajó del camión y timbró.

Una muchacha joven que vestía un uniforme azul abrió la puerta.

—¿Quién es? —gritó la muchacha sin moverse del lugar en donde se hallaba.

—¡El dotor Ernesto Carrillo nos mandó a que recogiéramos el televisor pa repararlo! —gritó Cardozo desde la verja.

—Él no me dijo nada. Ni siquiera me dijo que estuviera dañado —respondió la mujer desde su sitio.

—Está funcionando, pero tiene mucha interferencia. ¿Está la señora? —preguntó Cardozo amablemente.

—¿Para qué quiere saber? —la muchacha le disparó la pregunta con temor.

—El dotor Carrillo dijo que lo más seguro era que ella estuviera pa que se hiciera cargo de entregarlo; que si la señora no estaba, que le dijéramos a usté que nos lo diera. Si no cree, llame al dotor a la oficina —respondió Cardozo con increíble calma y confianza en sí mismo.

La muchacha se dirigió a la verja; se veía un poco confundida e indecisa. Cardozo dijo:

—No quiero ser descortés, pero tenemos todavía muchos otros clientes que atender, y se está haciendo tarde.

Joaquín observaba con incredulidad lo que pasaba ante sus ojos. Cardozo era tan convincente que no había duda de que se saldría con la suya. El muchacho se preguntaba si Cardozo, Aurelio y el hombre de la cicatriz habrían sido gamines como él. Un horrible escalofrío le recorrió todo el cuerpo al pensar que su vida estaba destinada a esto.

—Bueno, si el doctor lo ordenó, será que sigan —dijo la muchacha, y abrió la verja con cierto temor.

—Joaquín, venga pa acá me ayuda —le ordenó Cardozo al maravillado muchacho, que obedientemente saltó del vehículo—. Tenemos que apurarnos; no podemos esperar a que alguien nos sorprenda —le susurró Cardozo al oído.

El muchacho pasó la mirada por el jardín que rodeaba la casa. Las plantas estaban florecidas en todo su esplendor y colorido. Entraron en la casa por la puerta de atrás, que los llevó a la cocina, un espacioso aposento con una inmensa despensa y una nevera muy limpia. Joaquín miró con excitación una canasta de frutas que adornaba la mesa del comedor, la que veía por la puerta entreabierta que comunicaba con la cocina. Hubiera dado cualquier cosa por hincar el diente en una de esas manzanas rojas que le hacían la boca agua.

—Síganme al segundo piso —les dijo la muchacha caminando delante de ellos. Joaquín nunca había estado en una casa tan hermosa como ésa; sólo las había mirado por puertas entreabiertas mientras esperaba que le dieran la comida que mendigaba. Le hubiera gustado sentarse en una de esas sillas cómodas y elegantes, tocar las lindas porcelanas, o aunque fuera mirar los objetos de la casa.

("Pingo Pingo, ¿será que algún día... pudiera yo pertenecer a un lugar... bueno, no tan elegante, pero...?")

("Un chico tan vivo y simpático como usted... ni lo dude. Ahora fíjese en el lío en que se metió. Ésa no es la forma".)

("No me sermonee, y más bien ayúdeme. ¿Qué espera?")

—Ándele muchacho, no tenemos todo el día pa perder.

Cardozo empujó a Joaquín escaleras arriba hacia un salón agradable y acogedor, lleno de retratos de niños y de la familia, que adornaban las paredes dándole calor y personalidad al recinto; un sofá azul claro invitaba a descansar y a ver la televisión que pronto desaparecería en las manos de Cardozo. El corpulento ladrón hizo desaparecer con gran rapidez y destreza un pequeño reloj que había encima de una mesa y que fue a parar en su bolsillo, mientras la muchacha desconectaba el televisor.

En unos pocos minutos estaban de vuelta en la calle. Metieron el televisor en un costal y lo colocaron en la parte de atrás de la camioneta.

—¿Cómo supo que nadie iba a estar en la casa? A la hora del almuerzo los dueños están almorzando —aseguró Joaquín cuando se pusieron en camino.

—Es parte del trabajo averiguar cuándo va a estar una casa libre de sus dueños. Uno se averigua todo; las horas de entrada y de salida de toda la familia y todo lo que se necesite para hacer el trabajo fácil. Yo sabía que la señora de Carrillo no iba a almorzar hoy en su casa —contestó Cardozo sin explicar cómo había logrado esa información.

Alrededor de las dos de la tarde pararon en una esquina a comer algo. Una mujer vestida de negro, que sudaba junto a la paila, con sus manos cortas y regordetas como las morcillas que cocinaba, le alcanzó a Cardozo tres de éstas y unas papas criollas amarillas y apetitosas que destilaban aceite y que el trío devoró con gusto.

Al final del día, la camioneta estaba llena de mercancía robada: televisores, radios, objetos de plata, etc., que habían pasado de las manos de sus dueños a las de los bandidos sin que nadie lo hubiera podido impedir. Joaquín estaba asustado; no le gustaba lo que estaban haciendo. Habían entrado en tantas casas que estaba aturdido. En dos de las casas las muchachas eran amigas de Cardozo, y por unos pesos les abrieron la puerta; en otras, habían tenido que usar diferentes tácticas para poder entrar.

Joaquín se preguntaba con curiosidad qué irían a hacer con el botín que traían. "Deben tener una tienda pa guardar la carga que llevan en este cacharro", pensó Joaquín mientras iban de vuelta hacia el sur de la ciudad.

Joaquín no quería tener que ver con Cardozo y sus amigos; se prometió que no pasaría un día más en su compañía.

Después de un largo viaje, se detuvieron frente a una puerta carmelita. De una casa pintada de amarillo, dos hombres salieron a ayudar a descargar. En unos pocos minutos la camioneta quedó desocupada.

—Estamos listos pa una buena comida —exclamó Cardozo cuando entraba en la vivienda seguido de Joaquín y del hombre de la cicatriz, que no le quitaba al gamín los ojos de encima.

La casa no era muy distinta de aquélla donde vivían Aurelio y su escuálida mujer, aunque no parecía albergar a tanta gente. El gamín no vio qué hicieron con el botín; sólo había ayudado a descargar las cosas sin que lo dejaran continuar con las tareas; lo observaban cuidadosamente.

Empezaba a oscurecer, Joaquín tenía hambre, y esperaba con ansiedad la comida que Cardozo había mencionado.

—Buenas noches, señor Cardozo; le tengo su comida favorita —dijo una mujer gordísima que salió de la cocina, la cual despedía un aroma que ponía los jugos gástricos en actividad.

—Hola, Rosaura —saludó Cardozo dándole a la mujer una palmadita en la espalda—. Estoy que ladro de hambre.

—Sigan y se sienten sus mercedes. Ya les traigo la comida —dijo Rosaura, y sonriéndole a Cardozo se alejó hacia la cocina moviendo sus carnes para todos los lados como si fueran de gelatina.

Entraron en el comedor, una habitación grande y oscura, amoblada con dos mesas rústicas y sus correspondientes asientos.

—Siéntese, Joaquín, y tómese una cervecita —Cardozo le ofreció una botella que chorreaba espuma.

—Gracias, señor, pero mejor no me la tomo —respondió Joaquín sintiendo náuseas con el fuerte olor a cerveza, que lo había hecho sentir tan mal la noche que Armando fue atropellado. Si no hubiera sido por las cervezas que se habían tomado, nada le hubiera pasado a su amigo, y él no estaría sentado entre malhechores.

—¿Es que no le gusta la cerveza? Yo empecé a emborracharme desde que era un mocoso así de grande —Cardozo levantó la mano a corta distancia del suelo ilustrando lo que decía.

El hombre de la cicatriz poco hablaba; se alisaba el cabello constantemente, aunque no lo tenía largo, ni sobre su rostro, y emitía sonidos en lugar de palabras cuando respondía a lo que se le preguntaba: "Ajá, mmm, uh", etc.

Cardozo parecía estar acostumbrado a su extraño compañero; seguía bebiendo y conversando mientras su amigo movía la cabeza y producía sonidos y murmullos.

La gorda trajo a la mesa tres platos rebosantes de mazamorra. Ella parecía no percatarse de la presencia de nadie más que la de Cardozo, a quien le dijo orgullosamente:

—Señor Cardozo, le hice la sopa como le gusta, con habas y repollo.

Los comensales sorbían la espesa sopa con inmenso placer.

Joaquín parecía atacarla con furor. Con el rostro colorado y casi sin resuello, terminó de ingerirla.

—Nadie se la iba a quitar —dijo Cardozo mirando al gamín devorar el alimento.

—Tenía hambre —contestó Joaquín, y puso el plato casi vertical para escurrirlo hasta la última gota.

Platos de fríjoles, plátano y arroz fueron el resto de la cena, que acabó de llenar los estómagos de los dos ladrones y su joven acompañante. Rosaura observaba con placer cómo el trío comía con avidez la comida que ella había preparado.

—¿Les sirvo más? —preguntó mirando los platos vacíos.

—No, fue suficiente. Tráiganos otra cerveza, y venga siéntese aquí; tómese una con nosotros —le propuso Cardozo dándole un golpecito al asiento desocupado que tenía a su derecha.

La mujer volvió unos minutos más tarde con las bebidas. Unas risitas roncas salían de su garganta.

Joaquín miró a sus acompañantes mientras se preguntaba cuál sería el próximo acontecimiento. Pensaba escaparse esa noche. Necesitaba saber los planes de Cardozo para poder hacer los suyos. No tuvo que esperar mucho tiempo para averiguarlos.

—Va a haber mucho trabajo esta noche. Vamos a dormir un rato; tenemos que estar en la calle a la una o dos de la madrugada —dijo Cardozo, y terminó de un solo sorbo la cerveza que tenía en la mano.

Joaquín, que estaba cansado de estar sentado en el duro asiento de madera, se alegró de la orden.

Tres hombres habían llegado y acababan de sentarse en la otra mesa, en la cual esperaban a Rosaura, la de las carnes flojas y abundantes, para que les diera algo de comer.

Cardozo gritó:

—Muchachos, ¿cómo vamos? —y sin esperar respuesta salió del comedor seguido del hombre de la cicatriz y de Joaquín.

Después se dirigieron a otra habitación, y Cardozo le dijo al gamín:

—Joaquín, échese en ese catre de la esquina. Cuando sea hora, yo lo despierto, y corre. ¿Me entiende?

El aposento estaba semioscuro. Joaquín, obedientemente, se dirigió al catre de lona que Cardozo le había asignado.

Una almohada manchada y una cobija raída estaban colocadas a los pies del catre; sin reparar en el estado de limpieza de la sábana y la cobija, el gamín se acostó en lo que para él era una mullida y confortable cama. El hombre de la cicatriz, en silencio y sin hacer ruido, se acostó en una cama grande cerca de la ventana. Cardozo se acostó en la mejor cama de la habitación.

Joaquín estaba cansado; no había dormido bien en las dos últimas noches, y hacía mucho que no dormía en una cama. A los pocos minutos, el muchacho se quedó profundamente dormido. Estaba todavía en la misma posición cuando oyó que lo llamaban:

—Joaquín, Joaquín, ¿es que no oye? Levántese, que es hora de salir —le decia Cardozo, quien de un tirón lo puso en el suelo.

Capítulo IX

Joaquín estaba todavía adormecido cuando el aire frío de la noche envolvió su cuerpo. Tuvo que hacer un gran esfuerzo para recordar dónde estaba y por qué salía de esa casa a esa hora. Cada despertar era más confuso que el anterior. Poco a poco los acontecimientos de los últimos días se agolpaban en su cabeza y la realidad tomaba forma en su mente; tenía que estar alerta a la primera oportunidad. Se prometió solemnemente escaparse esa noche, costara lo que costara.

La camioneta rodaba por las oscuras calles de la ciudad. El silencio de esas calles asustaba a Joaquín. Sus acompañantes guardaban silencio mientras hacían volver a sus cuerpos adormecidos el completo uso de sus funciones.

Los dos hombres parecían saber exactamente lo que hacían y para dónde iban. Joaquín no hizo ninguna pregunta; ya se había formado una perfecta idea de lo que iba a suceder esa noche. El muchacho esbozaba en la mente toda clase de planes para el escape, sin que ninguno llegara a satisfacerlo completamente. Tendría que esperar a que se le presentara la oportunidad de hacerlo.

La camioneta aminoró la velocidad y se detuvo en la esquina de un parque, en una calle oscura y silenciosa.

—Esté listo allá adelante, dentro de una media hora... Ya sabe a cuál le vamos a dar el golpe esta noche, ¿cierto? —le dijo Cardozo al hombre de la cicatriz.

—Hummm, claro, ajá... yo no me equivoco. Los espero —contestó el hombre mirando a Cardozo con un poco de resentimiento—. Yo sé mi trabajo.

Joaquín temblaba bajo su ropa vieja al verse solo con los bandidos, en lo negro de la noche. La cicatriz del conductor se veía oscura y arrugada, iluminada por la lejana luz de la calle; su cabello despeinado y sus ropas descuidadas le daban un aspecto siniestro. El aspecto de Cardozo no era menos impresionante: el rostro, la cabeza y el cuerpo del facineroso le producían al pobre muchacho tal terror que no pudo controlarse; le parecía que ambos hombres ya presentían o sabían que pensaba fugarse. Esperarían a que él hiciera el trabajo y después lo matarían. No iba a esperar a que lo hicieran, no, no...

—Oiga, muchacho, y preste atención: Usté me va a facilitar este trabajo. Con esto que tengo aquí voy a cortar el vidrio de la ventana de la cocina. Usté se mete por el hueco y me abre la puerta de atrás —le explicó Cardozo mostrándole una extraña herramienta, que Joaquín nunca había visto—. Cuando estemos adentro llenamos las talegas con todo lo que encontremos de valor: plata, porcelanas, relojes, radios... Todo. ¿Me entiende, Joaquín?

Joaquín movió la cabeza afirmativamente. El miedo no lo dejaba hablar.

—Vamos —ordenó Cardozo presionando al gamín para que saltara de la camioneta. Luego tomó unos sacos de tela grandes que había en la parte posterior del vehículo, y se pusieron en marcha.

Joaquín hizo un movimiento brusco. Pensó emprender carrera. Una mano le apretó el hombro derecho; sintió que los dedos penetraban en su piel como si fueran de hierro. Se mordió el labio inferior para evitar que le saliera un grito de dolor. La presión de la mano era inaguantable. Por un momento creyó que los huesos se le iban a volver harina, si Cardozo no aflojaba el apretón.

—¿A dónde va, mocoso? ¿No estará tratando de hacer una idiotada? No me gustaría que intentara algo así, y cuando a mí no me gusta algo me pongo de mal genio... y de mal genio, no respondo —la voz de Cardozo estaba llena de sarcasmo.

Joaquín no podía emitir sonido alguno; parecía que tuviera los pies clavados en el piso y no sentía el cuerpo. Parecía que estuviera congelado.

—Yo, yo... yo iba...

El muchacho murmuraba sin poder construir una frase completa.

—¿A dónde iba? —Cardozo repitió la pregunta agarrando todavía al muchacho por el hombro.

—Yo creí que usté ya estaba caminando, y bueno, iba a hacer lo mismo —explicó Joaquín lo mejor que pudo.

—Por su bien, chino, espero que sea verdad. Ahora apúrele, que estamos perdiendo tiempo —Cardozo lo soltó del hombro, e inmediatamente lo agarró del brazo.

"Tengo que tener cuidado", se dijo Joaquín mientras andaban por la oscura calle. Atravesaron el parque y se dirigieron a una casa muy grande que había en la mitad de la cuadra.

("Téngase bien los pantalones, que la aventura apenas ahora empieza".)

("¿Hasta cuándo me va a dejar en todas éstas, Pingo Pingo? Tenga compasión, mire que ya no puedo del miedo".)

("Claro que puede. Yo lo conozco a usted".)

La casa impresionaba incluso en la negrura de la noche. El tejado de teja roja, iluminado por la media luna, le daba un encanto especial a la vivienda de tipo colonial español, que estaba rodeada de arbustos y flores y de una verja de hierro que Cardozo y Joaquín saltaron sin dificultad.

Silenciosamente se dirigieron a la parte posterior de la casa hasta que llegaron a una ventana. Inmediatamente, Cardozo se puso a trabajar con cuidado y rapidez. No hizo ruido al cortar el vidrio y lo hizo a tal velocidad que Joaquín no supo cómo lo había logrado.

—Ya está listo. Métase y ábrame la puerta de atrás, ésa que se ve allá —susurró Cardozo indicándole a Joaquín la puerta a la cual se refería.

Cardozo había abierto por entre el vidrio roto una pequeña ventana que se abría de abajo hacia arriba, y que a duras penas dejaba espacio para que con mucho esfuerzo pasara el delgadito cuerpo del gamín.

—No se tropiece con nada. Espere unos minutos hasta que los ojos se le acostumbren a la oscuridad, antes de caminar. Y cuidadito con hacer ruido —dijo Cardozo, Y levantó al muchacho y lo introdujo por la estrecha ventana—. Tenga cuidado, y no haga ruido —le repitió en voz baja mientras Joaquín bregaba por pasar al otro lado de la ventana.

El desventurado gamín cayó al otro lado. No se soltó completamente hasta que estuvo seguro de hallarse en piso firme. Siguió los consejos de Cardozo; esperó unos momentos a que los ojos se le acostumbraran a las tinieblas. No tardó mucho en divisar el camino que salía de la cocina hasta la puerta de atrás, la que debía abrirle a Cardozo. Súbitamente Joaquín se dio cuenta de que la oportunidad que había esperado finalmente se materializaba; estaba solo, y la puerta de atrás no era la única salida de la casa. Claro, saldría por la puerta de enfrente, pero debía apurarse antes de que Cardozo se impacientara y sospechara algo.

("Pingo Pingo, ¿éste es el momento?")
("Bueno, ¿qué cree, ah? ¡A trabajar!")

Joaquín caminó sigilosamente, y con todo el cuidado de que era capaz se fue hacia el frente de la casa. No pudo dejar de admirar los muebles que a duras penas divisaba en la penumbra. No podía detectar el color de las sillas y los sofás de la sala, pero sí se daba cuenta de que eran elegantes y hermosos. Por un momento el gamín se imaginó que estaba sentado en una de las elegantes sillas; él era el hijo de un hombre rico e importante en lugar de ser un niño de la calle sin padres ni hogar, que trataba de huir en la oscuridad de la noche.

La imagen pasó por su mente como un sueño y desapareció tan rápido como había aparecido, relajando un poco la tensión que lo envolvía, aunque fuera por unos segundos.

¡Cataplúm!... Joaquín se paralizó; tropezó con algo. Se quedó quieto sin atreverse ni a respirar. Esperó... Miró hacia abajo. El corazón le palpitaba tan fuerte que sentía el ruido de los latidos desde la cabeza hasta los pies. Había tropezado con una maceta. Afinó los oídos al más leve ruido; nada se oía... Nadie se movía. El gamín descansó. Continuó su camino en la punta de los pies asegurándose de que no hubiera ningún obstáculo.

Atravesó la parte de abajo de la casa antes de encontrarse en el vestíbulo de adelante, enfrente de una puerta maciza y pesada que lo esperaba separándolo de la libertad que había perdido tan inesperadamente. Joaquín pensó en su amigo. ¿Qué sería de él? Seguro que a esas horas estaría con Armando si no fuera por el desalmado Aurelio que tan mal le había pagado su ayuda.

("Pingo Pingo, es su turno. Si no es ahora, ya no me sueltan nunca".)

("Claro, lo haremos entre los dos".)

Joaquín tardó varios minutos en encontrar la forma de abrir la puerta, tres cerrojos y la cadena que aseguraban la casa. Sentía que la ansiedad lo consumía, sabiendo que Cardozo esperaba con impaciencia que le abriera la puerta de atrás. Los dedos le dolían de traba-

jar el metal de las chapas. Tenía la boca total-
mente seca y la sensación de que unas manos
lo agarraban por la espalda para no dejarlo
escapar. El gamín trabajaba con desespero sin
prestarle atención al dolor de los dedos. Su
trabajo fue recompensado; sin saber cómo, se
las arregló para abrir todos los cerrojos inclu-
yendo la cadena que estaba en la parte alta y
que casi no logra alcanzar. Esforzándose hasta
donde su elástico cuerpo se lo permitió, zafó
las cadenas con las puntas de los dedos.

Joaquín abrió la puerta cautelosamente, y
a duras penas lo suficiente para poder pasar.
Con la misma cautela y suavidad la volvió a
cerrar. Nunca el aire frío de la Sabana fue tan
bien recibido por Joaquín como en ese momento. Miró para todos los lados esperando
ver a Cardozo aguardándolo para volverlo
papilla. Se quitó los zapatos, que debieron de
ser negros cuando nuevos y ahora eran de un
gris rayado; se los había regalado una señora
buena, a la que vagamente recordaba. Al fin
le habían crecido los pies lo suficiente para
llenarlos; durante mucho tiempo chancleteó
con ellos. El cemento helado bajo los pies
desnudos le hizo sentir como si los músculos y
los nervios del cuerpo también estuvieran en
contacto con el frío cemento.

Caminó en dirección opuesta a la puerta que Cardozo le había indicado. Tenía que
alejarse rápidamente de la casa; no tendría
sosiego hasta que estuviera lejos de allí. Te-

nía tanta prisa por alejarse que no se dio cuenta de que corría en dirección a la camioneta en que el hombre de la cicatriz los esperaba, sino cuando estuvo casi encima de éste, y ya no podía regresar. Cardozo estaría ya al tanto de que algo había sucedido; no podía arriesgarse. Se agachó hasta que quedó casi sentado, y pasó por detrás de la camioneta sin ser visto.

"Diosito, tú que estás allá arriba en el cielo, por favor, no dejes que el hombre de la cicatriz me vea, envía a Pingo Pingo a protegerme", rezó Joaquín con todo el fervor que tiene un cristiano en un momento de peligro.

Las piernas le dolían, y no podía caminar en la posición en que se encontraba. Decidió ponerse en cuatro patas. Cruzó la esquina y siguió gateando hasta que cruzó una segunda esquina; entonces se levantó.

Atravesó velozmente la calle y se puso a correr tan rápido como pudo y tan lejos como creyó conveniente, siempre mirando hacia atrás, esperando ver la camioneta con los dos facinerosos en cada calle y esquina. No paró a ponerse los zapatos hasta que se sintió extenuado e incapaz de seguir corriendo. Tenía los pies llenos de cortaduras y bañados en sangre. Se recostó en una pared, con la mente confusa, el cuerpo frío y cansado, pero libre de sus captores. "Tengo que descansar", dijo en voz baja mirando a su alrededor con recelo.

Capítulo X

Había neblina y el césped estaba húmedo por el rocío de la mañana cuando Joaquín abrió los ojos. Se despertó con una terrible sensación de ansiedad y sentía el pecho oprimido, como si tuviera a alguien encima. Se hallaba en un rincón de un lote. "¿Cómo habré llegado aquí?", se preguntó. Se veía huyendo de la casa que Cardozo planeaba robar. Recordó que había corrido mucho; corría, corría y corría, no podía parar... ¿Cuándo dejó de correr? No importaba. "¡Soy libre otra vez!", gritó contento, tan contento como hacía días no se sentía.

"¡Ay! ¡Ay! ¡Ay!", gritó Joaquín al tratar de ponerse de pie; tenía las plantas de los pies cortadas y adoloridas. "¿Cómo voy a caminar?", siguió Joaquín con su monólogo, poniendo en palabras sus pensamientos. Penosamente arrastró los pies hasta la acera. Se quedó un largo rato mirando a su alrededor, tratando de orientarse. Después de unos minutos, el gamín identificó el sector en que se encontraba. Había corrido más de veinte cuadras al sur de la casa de la que había huido hacía sólo unas horas.

Joaquín estaba familiarizado con casi todos los parques de la ciudad, desde el Parque Nacional, en donde pasaba la mayor parte del tiempo y que era como su casa, hasta el más pequeño de los parques residenciales, en donde los niños de los vecindarios se reunían a jugar. Cuando era más pequeño se las arreglaba para participar en algunos de los juegos de los niños ricos que allí se entretenían bajo la custodia de sus guardianes. Pretendía ser uno de ellos hasta que las mamás o las niñeras lo alejaban. Recordó que uno de estos parques quedaba cerca, y decidió arrastrarse hasta allá; aunque sus pies se resistían a moverse, él insistió y aguantó el dolor.

El agua fría de la fuente era el remedio milagroso para sus adoloridas extremidades. Recibió el alivio con gozo y gratitud. Sintió el agua helada sobre su piel; rápidamente se acostumbró a la temperatura. Se remangó los pantalones hasta arriba de la rodilla y se puso a caminar alrededor del surtidor de la pila chapaleando y gozando del momento.

Estaba solo en el parque; todo a su alrededor era quietud y silencio. El Sol se asomaba detrás de las montañas; la niebla se estaba disipando y el día empezaba con buen tiempo. Joaquín se sintió como nuevo; era libre y estaba optimista. Iría al hospital a buscar a su amigo y todo sería como antes.

Después de media hora de juguetear entre el agua, que le produjo un efecto tranquilizador en el cuerpo y en el espíritu, el muchacho se hizo un ovillo debajo de una banca y durmió profundamente durante un par de horas. Cuando la ciudad ya había despertado y empezaba el día bulliciosamente, Joaquín abrió los ojos por segunda vez esa mañana. Los automóviles rodaban rápidamente por las calles con los motores rugiendo y las bocinas sonando. Las muchachas del servicio doméstico se dirigían a las tiendas a llenar los canastos de comestibles para el día. Hombres y mujeres salían a sus respectivos trabajos.

Joaquín vio a tres gamines jugando a las canicas al otro lado del parque. Estuvo tentado a jugar un rato con ellos; pero no, no podía, ni lo haría hasta que encontrara a su amigo. Se dirigió a la Carrera Trece, despacio, como esperando a que sus pies se acostumbraran a caminar. Se agarró de la parte posterior de un bus atestado de pasajeros. Se acomodó en el parachoques, y así empezó su víaje hacía el sur de la ciudad, en dirección al Hospital de San Juan de Dios. Joaquín esperaba que no lo viera el conductor porque lo haría bajar; nunca se sabía. Algunas veces podía ir casi de un lado al otro de la ciudad sin que lo molestaran; otras, lo hacían bajarse del bus, y si ése fuera el caso, estaría frito. Tenía que transportarse en esa forma pues no poseía ni un centavo para pagar el viaje en el bus, y debía llegar al hospital. Tuvo que tomar tres buses antes de llegar a su destino. Uno de los buses tomó una ruta inesperada y retrasó su llegada al hospital por más de dos horas. A diez cuadras de éste, lo bajaron del bus; uno de los pasajeros, un viejo de anteojos, se quejó al chofer haciéndole caer en la cuenta de los peligros que corrían los niños colgados de los buses. No tuvo más remedio que bajarse y continuar su camino a pie.

Después de todas las peripecias que había pasado, Joaquín se encontró por fin frente al hospital, en donde esperaba encontrar a su amigo y a donde tanto trabajo le había costado llegar. Sin problema llegó a la entrada principal, por la cual entraban y salían muchísimas personas. Los enfermos y los ancianos entraban con la esperanza de hallar la cura de sus males.

"Ahora, ¿qué hago pa encontrarlo?", se preguntó Joaquín sin saber a dónde dirigirse. Nunca había estado en un hospital, por lo cual ignoraba completamente todo lo que a hospitales se refería, con excepción del vago conocimiento de que a los enfermos los llevan al hospital. Lo mareó un fuerte olor que le penetró por la nariz; era el olor a medicina, intenso impregnante.

—¿Dónde encuentro a mi amigo Armando? —se aventuró a preguntarle a una enfermera que pasó cerca de donde él estaba. Sabía que las enfermeras visten de blanco, lo mismo que los médicos; no se acordaba quién le había dicho esto; por supuesto que tampoco se acordaba dónde había aprendido todo lo que sabía; por ahí, escuchando, atendiendo, así se aprendía, como se lo había dicho a Armando tantas veces.

—No tengo idea, vaya a Información y pregunte —respondió la enfermera, y siguió su camino.

—¿Dónde es Información, por favor? —preguntó de nuevo Joaquín caminando al lado de la enfermera, que parecía estar de afán.

—Allá, a la entrada, al lado derecho —respondió la muchacha de blanco mostrándole el camino.

—Gracias, gracias.

Joaquín se acercó a la sección de Información. La preocupación ya empezaba a apoderarse de él. Súbitamente sintió que el terror se hacía dueño de su ser. "¿Qué tal si...?" No, no podía ser. No dejaría que su imaginación siguiera corriendo sin freno. Tuvo que esperar un rato antes de que lo atendieran; muchas personas estaban esperando información de alguna índole.

—A mi amigo Armando... lo atropelló un carro; lo trajeron acá. Señorita, ¿me puede decir dónde está? —preguntó Joaquín, casi deseando que no le contestaran; no quería oír...

—¿Armando qué? —le preguntó la encargada ajustándose los anteojos sobre la nariz; parecía estar cansada y no de muy buen humor.

—Armando solamente, es un muchacho como yo. Necesito saber dónde está —dijo Joaquín pensando que nunca había hablado de apellidos con Armando, no se le había ocurrido. ¿Para qué? No los necesitaban.

—No le puedo dar ninguna información sin el nombre completo del paciente. Debe de haber varios Armandos en el hospital en este momento —le informó la joven de los anteojos y despidió sin más preámbulos a Joaquín, que quedó perplejo y confundido.

—Pero... tengo que encontrarlo —insistió Joaquín.

—Muchacho, no le puedo ayudar. Mire toda esa gente que hay detrás de usted. Retírese, y deje pasar.

No le quedó otro remedio al pobre Joaquín que irse. No obtendría ayuda alguna, no en ese sitio. Pero no se daría por vencido; iría de piso en piso, de cuarto en cuarto hasta que encontrara a su amigo o averiguara sobre su suerte. Lleno de resolución emprendió la búsqueda.

Las salas de espera y los corredores estaban repletos de enfermos y de miseria. Joaquín había visto y vivido la miseria humana, pero no tan desgarradora como la del enfermo y el desvalido. Deambuló por la sección de urgencias, en donde los gritos y los quejidos llenaban el ambiente. Dos enfermeros llevaban a un hombre que tenía el lado izquierdo del rostro golpeado y cubierto de sangre.

—¿Qué hace aquí? ¿Cómo entró? Sálgase, chino. Aquí no se permiten visitas. ¡Afuera! —le gritó uno de los hombres con impaciencia.

—Estoy buscando a un amigo —respondió Joaquín con los ojos clavados en el herido; aunque le producía pánico, no le podía quitar la vista de encima.

—Váyase de aquí; no hay tiempo para razones. ¡Fuera!

Joaquín se sentía enfermo; todo le daba vueltas, y tenía náuseas. Pero decidió continuar buscando a Armando aunque siguiera encontrando toda clase de contratiempos.

("Pingo Pingo, qué horrible es este lugar".)
("Sí, tiene razón; no es agradable".)
("Estoy deprimido".)
("Ánimo, siga su camino. Usted no se acobarda, ¿no es cierto? Entonces, ¡adelante!")
("Bueno, sólo porque usté anda conmigo".)

Tardó muchísimo tiempo en la búsqueda que se había propuesto. Fue de piso en piso y husmeó en todas las habitaciones, sin encontrar rastros de su amigo. Los enfermos y las enfermeras le gritaron y lo insultaron. Ya no distinguía los rostros de los enfermos pues todos se veían demacrados, pálidos y llenos de dolor.

El rostro que él buscaba no se veía por ninguna parte. Joaquín estaba desesperado. Le preguntó por su compañero a toda persona que él creyó que podía darle alguna información. Nadie sabía nada; nadie lo había visto; nadie lo conocía. Era como si estuviera buscando un fantasma. Muchos pacientes entraban y salían todos los días; a los enfermos que no eran de gravedad les daban de alta apenas podían, y a veces antes, para darles campo a los más necesitados.

La tarde caía sobre la ciudad; los últimos rayos de Sol desaparecían poco a poco dándole paso a la semipenumbra que precede a la noche. Joaquín se encontró otra vez en la calle después de una infructuosa búsqueda. El olor a hospital todavía lo envolvía al alejarse del refugio de los enfermos. Estaba descorazonado y se sentía vencido. El hambre le comía la parte superior del estómago, que intentaba acallar presionándolo con la mano. No pasaba bocado desde la noche anterior.

Joaquín caminaba sin dirección alguna. No era capaz de pensar, de decidir. No le gus-

Capítulo XI

Los zapatos le apretaban los pies hinchados y adoloridos. Sentía como si éstos se le fueran a salir por entre el cuero viejo que los aprisionaba. Joaquín ya no podía caminar más; sus extremidades se negaban a llevarlo más allá del sitio en que se encontraba, aunque era un sector que no le gustaba. Hubiera querido seguir más hacia el centro de la ciudad. Familiarizado como estaba con los tugurios, sabía de los peligros que seguiría corriendo si no se alejaba de esos sitios. No quería otro episodio como el que había vivido en los últimos días; sin embargo, no tenía otra alternativa; necesitaba descansar. Las cortaduras y el abuso a que había sometido a sus pies se los habían dejado en muy mal estado.

"Tengo mucha hambre; si pudiera comer algo me sentiría mejor", dijo el gamín en voz alta, como si quisiera que lo oyeran; por lo menos esa noche quería que alguien se apiadara de él. Buscaría algún sitio donde refugiarse hasta el día siguiente. Reunió las fuerzas que necesitaba para atravesar la estrecha calle que lo llevó a una callejuela. Allí encontró una cama más suave de lo que esperaba.

En unos minutos, el gamín, extenuado y hambriento, se quedó profundamente dormido, con las rodillas casi tocándole la barbilla.

El ruido del papel y el endurecimiento de sus piernas despertaron al muchacho al amanecer. Todavía no había aclarado cuando sacó sus adormecidas piernas de la caja de cartón que le había servido de guarida. Su primer pensamiento fue: "COMIDA".

Desde la noche en que logró fugarse no veía nada de comer. La hinchazón de los pies había cedido y éstos estaban en mejores condiciones que el día anterior.

"¡Una cafetería!", exclamó Joaquín al descubrir una ventana detrás de la caja. Los ojos se le salían de las órbitas a la vista de los panes que se divisaban detrás del mostrador. Había varias mesas con sus respectivos asientos que invitaban a sentarse ante un sabroso desayuno. Sin embargo, sabía que esa visión no se convertiría en realidad; no tenía con qué realizarla. El hambre le roía las entrañas. Tendría que conformarse con lo que pudiera mendigar, que le calmara los mordiscos que sentía en el estómago. No era justo, pensaba el muchacho mientras esperaba a que abrieran el establecimiento.

Cuanto más miraba por la ventana las viandas que tanto apetecía, más hambre sentía. Una pareja de mediana edad vino a interrumpir el embelesamiento de Joaquín. La mujer penetró por una puerta que seguramente daba acceso a la cocina.

El hombre se quedó en la parte de adelante arreglando asientos, mesas, azucareros, servilletas y demás utensilios que necesitaría para el día. El gamín, que ya no resistía el hambre, decidió probar suerte y pedirle al hombre un mojicón, o lo que él quisiera darle.

—No está abierto todavía, vuelva a las siete; eso es si tiene con qué pagar —fue la respuesta del hombre mientras lo miraba de arriba abajo.

—Señor, no he comido nada en dos días. ¿Podría regalarme un mojicón o un pedazo de pan?

—¿Dónde estaríamos si le diéramos comida a cuanto pordiosero se arrima aquí? Estaríamos peor que ustedes. Vaya consiga trabajo y compre su comida —le respondió el hombre, y diciendo esto cerró la puerta en las narices del desventurado Joaquín.

—Por favor, tenga compasión —gritó Joaquín con desesperación; pero el hombre fingió que no oía y continuó con su trabajo. El muchacho se puso a mirar por la ventana y a esperar a que llegaran los primeros clientes.

El olor a comida lo mareaba, no lograba identificar lo que la mujer, a la que a duras penas había visto envuelta en una ruana gris, seguía cocinando. Una combinación de aromas que enloquecían a Joaquín le llegaban por entre el respiradero cerca del techo.

Pasó casi una hora antes de que dos trabajadores de overol gris, manchados de grasa, entraran a desayunar. En pocos minutos se llenó el recinto. Espumosos tazones de chocolate y tazas de café con leche salían de la cocina en bandejas que el hombre les llevaba a los clientes. Los obreros de overol se deleitaban con huevos fritos, chocolate y pan, un lujo para las gentes que vivían por esos lados de la ciudad.

Joaquín entró sigilosamente en el establecimiento mientras el dueño estaba ocupado en la cocina. El hambriento niño mendigaba, imploraba unas migajas, que le fueron negadas. La gente que se desayunaba allí era pobre; para muchos era la única comida del día. Los platos regresaban a la cocina completamente limpios.

Una bandeja llena de mojicones estaba sobre el mostrador. Joaquín no lo pensó dos veces; el hambre lo acosaba, y de un zarpazo cogió varios mojicones que apresuradamente metió debajo de su chaqueta, sosteniéndolos con el brazo izquierdo.

—¡Ladrón! ¡Ladrón! ¡Chino ladrón!... —gritó desaforadamente el dueño de la cafetería, que en ese momento salía con una bandeja con tazas llenas de café con leche, las que depositó de un golpe encima del mostrador, derramando el líquido al hacerlo.

—¡Agárrenlo! ¡Policía! ¡Policía! —gritaba y corría detrás de Joaquín, que ya iba calle arriba.

"¿De dónde sale toda esa gente?", se preguntaba Joaquín mirando hacía adelante. En su afán de alejarse a toda prisa y viéndose perseguido, el muchacho tropezó y cayó, soltando los mojicones, que quedaron esparcidos por el pavimento. Estaba rodeado de gente.

—¿Qué pasa aquí? —preguntó un policía que apareció sin saberse de dónde. ¿Qué pasa aquí?

—¡Un ladrón, un ladrón! —gritó una mujer que parecía ser la que había llamado al policía—. Ése es el ladrón, señor policía. Ese mocoso, hijuemadre, fíjese cómo se roba la comida. Mire los mojicones por el suelo...

Los improperios fueron interrumpidos por el uniformado.

—Todos ustedes vuelvan a sus quehaceres —les ordenó el policía a los curiosos—. Usted venga conmigo —esta última orden fue dirigida a Joaquín, que todavía en el suelo miraba a los curiosos con la misma curiosidad con que ellos lo miraban a él.

El dueño de la cafetería, viendo al culpable en manos de la autoridad, y después de contestar a las preguntas necesarias, decidió volver al trabajo; no quería perder a los clientes que a esa hora iban a desayunarse.

—Por favor, señor agente, yo no soy ladrón; mire usté, verá; lo que pasó fue que yo tenía mucha hambre pues no he comido nada...

—He oído esa historia muchas veces. Vamos, levántese y no me haga perder el tiempo —interrumpió el policía la explicación de Joaquín, y, jalándolo de un brazo, lo puso en pie.

El muchacho recogió un par de mojicones, que se guardó en un bolsillo. Si lo acusaban de robar, lo menos que podría hacer era acallar su estómago con los mojicones causantes de sus nuevos problemas. Tuvieron que esperar la llegada de la radiopatrulla, a la cual

Joaquín le tenía un miedo anormal; éste era el terror de los gamines que se entretenían elaborando toda clase de cuentos miedosos relacionados con las radiopatrullas y los sitios a donde llevaban a los que se dejaban capturar. Muchos de los criminales y bandidos ya sabían qué hacer. Joaquín había sido testigo en varías ocasiones de cómo la policía compartía el dinero ganado por los antisociales a cambio de que los dejaran seguir su camino; los capturaban y luego los soltaban unas cuadras más adelante. El infeliz muchacho no podía aspirar a ese tratamiento; él era sólo un niño gamín sin recursos.

("Oiga, Pingo Pingo, ¿no cree que esto ya es demasiado? ¿Hasta cuándo tengo que seguir de aventura en aventura? Sólo que todo lo malo es para mí".)

("Bueno... ¿qué cree? ¿Acaso fui yo el que me metí en esto?")

("Usté sabe que yo tenía hambre y...".)

("Ya, ya. Mejor concéntrese en lo que viene; ya sabe que la ayuda llega".)

Metieron a Joaquín en la parte posterior del vehículo. Las ventanas tenían barras de hierro, hicieron sentir al gamín como un pájaro enjaulado. Esta experiencia era nueva para él, que se las había arreglado siempre para estar lejos del alcance de la policía. Lo primero que tenía que hacer era acallar el hambre para así poder pensar. Sacó los mojicones del bolsillo y procedió a engullirlos. Parecía que no le llegaban lo suficientemente rápido a su maltratado estómago. Por unos momentos, su mente se ocupó solamente de esta tarea.

—Devuélvalo, muchacho —ordenó el hombre de uniforme desde detrás del escritorio que lo separaba del gamín.

Joaquín estudiaba la estación de policía con interés; se la había imaginado distinta ¿Qué era exactamente lo que esperaba ver? No lo sabía, ciertamente. De todas maneras, no era esa oficina pequeña en esa casa vieja en la que sin querer se encontraba.

Eran muchos los sitios que sin querer había visitado últimamente. El uniformado que lo interrogaba era el cuarto policía que le pedía que devolviera no sabía qué. Todos le parecían iguales, los rostros se mezclaban en uno solo.

—¿Devuelva... qué?, señor agente.

—El dinero, devuélvalo ya —respondió el policía, impaciente.

—Pero ¿cuál dinero? Yo no tengo nada —aseguró Joaquín.

—¿Qué lo hizo? Usted sabe a qué dinero me refiero; al que se robó.

—Yo no me robé ningún dinero. Sólo me tomé la libertad de agarrar unos mojicones de una cafetería. Si me deja, le explico lo que pasó.

—Si piensa que voy a creer todas las mentiras que van a salir de su boca, está equivocado, mocoso; me las conozco todas. Es más fácil y perdemos menos tiempo si devuelve el dinero robado —insistió el policía mirando a Joaquín intensamente como si quisiera hipnotizarlo para que confesara lo que él quería oír.

—En serio que sólo agarré unos mojicones para calmar mi barriga. Verá usté, señor agente: no había comido durante dos días, y, pa que sepa, sólo me comí dos mojicones pues los otros se cayeron en la calle cuando me tropecé —replicó Joaquín sin hacer pausa para que el policía no lo interrumpiera antes de que acabara su historia.

—Seguro que sí —se mofó el agente, y se acercó al gamín, que se sentía impotente y temblaba de pies a cabeza.

—Debe de habérselo dado a algún compinche. Le daremos una lección. ¡Enciérrenlo! —le ordenó el policía a un agente joven y flaco que había llamado para que registrara al gamín y se encargara de él.

Gruesas lágrimas resbalaron por las mejillas sucias y enflaquecidas de Joaquín; lágrimas de furia y de coraje.

—No soy ladrón, déjeme ir, por favor... Tengo que encontrar a mi amigo... Por favor...

Un nudo en la garganta le impidió seguir hablando.

("No vuelvo a hablarle si deja que me encierren. Usté no es buen amigo".)

("Ya veremos".)

Joaquín caminaba en compañía del joven policía que lo llevaba sujeto con unas aterradoras esposas. Atravesaron un corredor y luego un patio de cemento. El muchacho emitía sollozos incontrolables, y obedientemente siguió a su acompañante. El joven agente miró al compungido muchacho con lástima.

Joaquín muchas veces trató de imaginarse una cárcel, pero nunca había querido entrar en una. Se sentía como un animal.

—Déjeme salir, le juro que no me robé nada; eran sólo dos mojicones... ¡Quiero salir de aquí! —le gritaba el pobre Joaquín al policía que lo dejó detrás de las horribles rejas que no se atrevía a mirar con detenimiento y mucho menos a tocar.

¿Qué estaba pasando? ¿Por qué todo le salía mal?

"Diosito, por favor, ayúdame a salir de aquí". Joaquín cayó de rodillas y oró... como lo hacía siempre. Él sabía que Dios le ayudaría. Sí, tenía fe, fe que no sabía de dónde había sacado, ni quién se la había inculcado. Sólo sabía que existía dentro de su ser.

Capítulo XII

La incredulidad se apoderó de Joaquín. No era justo que habiendo tantos bandidos, como Cardozo, Aurelio y el hombre de la cicatriz, sueltos por las calles de la ciudad, robando y haciendo de las suyas, poniendo en peligro la vida de muchas personas, estuviera él encarcelado porque el hambre lo había llevado a apoderarse de unos mojicones. ¿Cómo podía compararse? No... no... mil veces no, no, no era justo. Después de un rato de tormenta dentro de sí, se calmó y quedamente lloró largo y tendido y con mucho sentimiento. Lloró por lo que había pasado en los últimos días, lloró por los que estaban como él, desamparados, perdidos.

Lloró y lloró. Estaba cansado; quería dormir, dormir un largo rato. Sentía el cuerpo pesado, y no se podía mover.

—¿Qué le pasa amigo? No me diga que no le gusta el hotel —la voz vino del fondo del recinto donde se hallaba.

Joaquín se secó los ojos con la manga de la chaqueta y se volvió para ver quién era. Se le presentó un joven que tenía una camisa sucia y el pelo desordenado y tan sucio como la camisa, e igual de engrasado; era todo un espectáculo de suciedad aun para Joaquín, que, ciertamente, no era un modelo de limpieza.

—¡Quiero salir de aquí! —exclamó Joaquín.

—¿Cómo les parece, muchachos? El niño quiere irse; no le gustan las instalaciones; no son de su agrado —dijo el sucio y desgreñado joven con sarcasmo.

Joaquín retrocedió hasta la pared, al darse cuenta de que no se encontraba solo; estaba en una habitación grande y en compañía de otros hombres. El gamín los miraba con desconfianza. Eran hombres de todas las edades y apariencias, sucios y desgreñados. Para Joaquín todos tenían cara de facinerosos.

—¿Cómo se llama, compañero? —le preguntó el agresivo joven.

—Joaquín.

—Joaquín, le presento a sus compañeros de celda. Muchachos, conozcan al nuevo inquilino. Entre otras, mi nombre es Calavera.

—¿Calavera? —preguntó Joaquín creyendo que no había oído bien.

—Así como lo oye: CALAVERA. ¿Es que tampoco le gusta mi nombre?

—No... sí... claro que sí, está bien, no había entendido... —dijo Joaquín, quien no quería disgustar a Calavera; su astucia le decía que el joven no era un buen enemigo.

—Joaquín suena bien y le cae bien. Y ahora que sabemos nuestros nombres, preste pa acá.

—¿Cómo?... ¿Qué? —preguntó Joaquín, que no entendía de qué se trataba.

—Cigarrillos, dinero, cualquier cosa que podamos compartir —respondió Calavera, y le requisó los bolsillos al recién llegado.

—No tengo nada —dijo Joaquín, y trató de zafarse de Calavera.

—Me gusta asegurarme de que me digan la verdad.

Calavera continuó la requisa, sin dejar ningún posible escondite por revisar. Era la segunda vez en el día que los harapos de Joaquín eran requisados en infructuosa búsqueda de algo que no poseía.

—Nada, el infeliz no tiene nada —exclamó Calavera empujando a Joaquín como para deshacerse de él. No le servía, por lo menos por el momento.

—¡Afuera, al patio, apúrenle! —gritó un guardián abriendo la puerta de barrotes.

Hombres y muchachos, no mucho mayores que Joaquín, salieron atropelladamente del frío y oscuro cuarto en que se hallaban. Joaquín reconoció entre ellos al gamín bizco que no hacía mucho tiempo, en compañía de otros gamines, los obligó a él y a su amigo Armando a darles la comida que con mucho trabajo habían logrado conseguir, el que les quitó todo lo que poseían y golpeó a Armando antes de huir. Este episodio había sido el principio de una cadena de infortunados acontecimientos para los dos amigos. El gamín bizco no pareció reconocerlo.

("¿Por dónde anda, Pingo Pingo? ¿Resolvió dejarme aquí tirao?")
("Claro que no; ya lo verá".)
("Lo que estoy viendo aquí no me gusta".)
("A mí tampoco".)

Era cerca del mediodía; el Sol brillaba esplendorosamente sobre los prisioneros que gozaban con el astro pues les calentaba los miembros del cuerpo, entumecidos por las largas horas de quietud y frío. Joaquín se sentó solo en un rincón desde donde se dedicó a observar lo que sucedía y a lamentarse de la mala suerte que lo perseguía. Su espíritu optimista empezaba a flaquear.

Varios portaviandas llenos de toda clase de comestibles que les abrían el apetito a los que no tenían la suerte de que les trajeran algo de comer, que eran la mayoría, les llevaron a sus respectivos dueños. Joaquín esperaba con

ansiedad que le trajeran algún alimento, pero éste no llegó.

—Calavera, ¿a los demás no nos dan, nada? —preguntó Joaquín haciéndosele la boca agua y mirando al joven que del portaviandas sacaba pedazos de yuca y de plátano, guiso y caldo, que le chorreaban por entre los dedos mugrientos.

—Pues eso depende de si uno tiene alguien de afuera que le traiga, o si no, se friega —respondió Calavera, y se puso a sorber sopa de uno de los recipientes del portaviandas, que tenía bien agarrado entre los pies, protegiéndolo de los otros prisioneros.

—Nadie me va a traer nada a yo. ¿Aquí no dan alguna cosita? —preguntó Joaquín desconsolado. El aroma lo tenía mareado y el deseo de comer lo enloquecía. Los mojicones habían acallado temporalmente los dolores producidos por el hambre. El olor a comida le había despertado el apetito, con más fuerza que antes—. ¿Quién le trajo eso?

—¿Quién cree usté? Mi cucha, que todavía me cuida. Allá hay un depósito de agua; tómese un poco, algo ayuda —dijo Calavera, y señaló hacía un grupo de hombres que se apiñaban cerca de la puerta de entrada del patio—. Una vez al día traen un plato de mazamorra para cada preso; es un menjurje espantoso.

—¿Cuándo lo traen?

—Por ahí dentro de una hora —murmuró Calavera con la boca llena de arroz.

Otros prisioneros se habían acercado a donde estaba Joaquín. Él se asombró de la cantidad de hombres y muchachos que se hallaban en esa cárcel. Había oído decir que en las estaciones de policía arrestaban temporalmente a los detenidos y después los enviaban a terribles cárceles como la Picota y la Modelo, nombres que lo hacían estremecer.

La posibilidad de que lo llevaran a una de esas horribles instituciones le producía vacío en la boca del estómago. Las historias que había oído de otros gamines mayores y más experimentados sobre lo que sucedía en esas cárceles eran horripilantes. "A yo no me llevan a uno de esos sitios, no por unos mojicones", se decía a sí mismo mientras caminaba por el patio. Dos hombres peleaban por un plato de comida que el más viejo de los dos había recibido de algún familiar.

Joaquín decidió seguir el consejo de Calavera y engañar el estómago con un poco de agua. No fue fácil llegar al depósito por entre el grupo de prisioneros que se amontonaban alrededor de éste, para encontrarse con que no había con qué sacar el agua; si hubo un jarro o un cucharón, ya había desaparecido.

Un hombre barbado soltó una risotada. Después de observarlo un rato largo le estiró un jarro de aluminio con un mango. Joaquín llenó dos veces el jarro; la mitad se le derramó encima de la ropa, empujado por otros prisioneros que lo apuraban para que desocupara el utensilio.

Joaquín se encontró súbitamente cara a cara con el gamín bizco, al que acababa de ver sacando una papa del portaviandas de Calavera. "¡Cuidado!", gritó Joaquín al ver que Calavera se abalanzaba sobre el muchacho que una vez los había dejado a él y a Armando sin comer.

Se formó un circulo alrededor de los dos mozos que peleaban enfurecidos. Joaquín se acordó del día que el gamín que estaba peleando con Calavera había golpeado a Armando, que quedó durante varios días magullado y adolorido. En el fondo del alma se alegraba de la paliza que Calavera le estaba propinando; era un desquite por lo que había hecho con ellos. Sin embargo, le daba lástima del infeliz que trataba de zafarse de los brazos de su adversario, que lo golpeaba con rabia.

Joaquín no quiso ver más. No quería ver sangre. Vio el recipiente lleno de sopa, que Calavera había dejado olvidado para encararse con el que se había atrevido a quitarle su comida. "Alguien la va a agarrar si no lo hago yo", pensó, y aprovechando la conmoción de la pelea se apresuró a sorberse la sopa, que aunque fría le pareció deliciosa.

Llamaron a varios guardianes para que interrumpieran la pelea, que dejó al más joven con el ojo bizco negro, la nariz sangrante y el cuerpo golpeado. La audiencia había gozado increíblemente con la pelea que a ninguno había sorprendido. Peleaban a diario; por la comida, por el sitio en que alguien estaba parado o donde dormía, peleaban por la supervivencia, peleaban, peleaban...

Los platos de mazamorra aparecieron tal como lo pronosticó Calavera. Joaquín se alegró de haber podido aprovechar la sopa del joven peleador. La mazamorra, que normalmente es espesa, con papas y habas, era un líquido grisáceo en el que uno que otro pedazo de pan flotaba con timidez. El sabor era peor que el aspecto. Con gran esfuerzo se sorbió medio plato. Aunque él no era exigente en cuanto a la comida y siempre había aceptado lo que fuera, con placer y apetito, no se sentía capaz de terminar el alimento que sostenía entre las manos. Si no hubiera sido por la sopa de Calavera, se habría tenido que tomar el líquido color mugre, pero el hambre, algo acallada, no lo presionaba tanto como para que terminara la mazamorra.

La tarde pasaba lentamente, sin nada que hacer, fuera de evitar a los matones para no tener problemas. El gamín bizco se quejaba sin cesar, tendido sobre una banca de cemento, sin que nadie lo tuviera en cuenta.

—¿Quiere un poco de agua? —le preguntó Joaquín, que sintió lástima del muchacho.

—Gracias —dijo secamente el bizco.

Joaquín se dio cuenta de que no lo había reconocido.

—¿Por qué lo trajeron acá?

—Por robar, ¿por qué más? —respondió el bizco de mal genio. No estaba para entablar conversación con nadie.

—A yo también, sólo que no robé; agarré unos mojicones.

No hubo comentario alguno. Joaquín esperó unos segundos y se levantó a traer el agua prometida. Había ya poco líquido en el fondo del depósito, y el que quedaba estaba sucio. Buscó al que le había prestado el jarro de sacar agua y quien se había adueñado de éste, sintiéndose importante e imprescindible. El viejo le sonrió mostrándole su desdentada boca, y le dio el jarro. Joaquín sacó el agua que pudo de la parte de encima para evitar la tierra y la mugre que se aposentaba en el fondo del depósito.

El muchacho bizco le dio las gracias y volvió a sus quejidos sin prestarle atención a Joaquín, que se había quedado mirándolo. En vista de la fría acogida, resolvió ir a sentarse en un rincón a esperar a que se acabara el día, mientras pensaba en lo que sería de él.

El Sol se estaba ocultando detrás de las montañas que Joaquín no podía ver. Los prisioneros fueron devueltos a sus respectivos calabozos a pasar el tiempo hasta que se quedaran dormidos.

Joaquín trataba de pasar inadvertido en medio de sus compañeros de celda. Si olvidaban que él existía, no lo molestarían, lo que presentía que harían si no lo podía evitar. Lo usarían como entretenimiento; ya había visto a Calavera burlarse cruelmente y golpear a un viejo flaco con cara de tonto.

"Diosito, no dejes que me vean, y por favor, te lo suplico, ayúdame a salir de aquí. Prometo ser bueno, lo juro, seré buenísimo", rezaba Joaquín acurrucado en el rincón más oscuro que encontró. "Mi amigo Pingo Pingo no quiere acordarse de mí", se quejó en su oración.

La noche fue larga y dolorosa para Joaquín, que no había logrado ser ignorado por sus compañeros. Calavera había usado las piernas del gamín para poner encima su grasienta cabeza, dejándolo sin libertad de moverse, fuera de tener que aguantarse la dureza del piso, sentado toda la noche en la misma posición. Las piernas se le durmieron; tenía que hacer pequeños movimientos para que le circulara la sangre, pese a las protestas de Calavera, que no quería que se le perturbara el sueño. La mañana siguiente; llegó con gran alivio para el infortunado Joaquín, que creyó que no volvería a mover las piernas nunca más.

—Joaquín, usté sí se revuelca mucho, pero no fue del todo una mala noche —afirmó Calavera estirando los brazos y bostezando, dejando a la vista unos horribles dientes amarillos que Joaquín afortunadamente no vio, preocupado como estaba por ponerse en pie, operación que no le fue fácil ejecutar. Las piernas se le doblaban como si fueran de trapo; tuvo que esperar pacientemente a que le volvieran a la normalidad.

El guardián gritó:

—¡Mario Gutiérrez, Luis Arenas, Joaquín!... Vengan conmigo.

Joaquín lo siguió sin saber qué pensar. ¿A dónde lo llevarían? Lo mejor era no anticipar nada bueno ni malo.

—Espero que hayan aprendido la lección, y ahora se mantengan dentro de la ley. No se metan en líos, o aquí vuelven a parar, y la próxima vez no se les tendrá ninguna consideración —les advirtió el policía mientras se dirigían a la puerta de salida.

Joaquín no se convencía de que lo habían dejado en libertad hasta que se encontró en la calle. El aire fresco de la mañana le despejó la cabeza. Por segunda vez en pocos días, obtenía la libertad. "Gracias, Diosito, gracias". No sabía por qué lo habían soltado; eso no importaba; estaba fuera de la prisión, era libre otra vez.

("Al fin salió con algo, ¿no? Ya había resuelto que no volveríamos a ser amigos. Lo perdono, pero no lo vuelva a hacer. No se olvida así a un amigo, especialmente al que lo creó".)

("Muchas gracias, así lo haré...".)

Se acercaba el mediodía cuando Joaquín llegó al Parque Nacional, en el cual había pasado los momentos más agradables de su vida gozando de la naturaleza, de los árboles, a los que tantas veces trepó, de la montaña, a la cual iba con Armando a buscar los tesoros que sólo los muchachos como ellos los llamarían así, de la Ciudad de Hierro, que le había producido placeres inesperados, y de la grama verde y suave, que le había servido de cama después de un día lleno de trabajo y de aventuras.

Joaquín lloró al ver el hermoso paisaje que tenía enfrente; le parecía que había pasado mucho tiempo desde la última vez que había estado allí. No era posible que hubieran pasado tantas cosas en unos pocos días. Caminaba despacio por la parte occidental del parque, recordando, mientras oía el ruido familiar de los niños que jugaban y el pregón del vendedor de helados que empujaba su carrito: "¡Paletas, paletas, de vainilla y chocolate, también de fresa!... ¡Compren las paletas!" La máquina de algodón de azúcar tenía una especial fascinación para él; había pasado horas enteras mirando salir mágicamente de la máquina el rosado y esponjoso algodón, que luego era enrollado en un palo, para deleite de chicos y grandes. La inmensa rueda de Chicago de la Ciudad de Hierro y la acostumbrada algarabía de los que la montaban. Los carros locos dando mil vueltas mientras sus ocupantes gritaban...

"Armando... Armando, ¿dónde está?", dijo en voz alta, pensando en el muchachito que tanto había buscado.

—¿Por qué lloras? —preguntó una vocecita que venía acompañada de dos risueños ojos, fijos en él.

Joaquín no pudo contestar; tenía los ojos llenos de lágrimas, que le corrían a torrentes sobre las sucias y cuarteadas mejillas.

—¿Te pegó tu mamá? —le preguntó un niño que parecía tener unos cinco o seis años. Tenía la cara pegajosa a causa del algodón, que con placer saboreaba.

Joaquín le sonrió y, finalmente, le pudo decir:

—Estoy triste. Y su mamá, ¿dónde está? —le preguntó a su vez, sorprendido de ver al niño inmaculadamente vestido, solito en el parque.

—Ella está en la casa. Mi abuelita me trajo a montar en el carrusel y en los carros. Mírala: allá está comprando los tiquetes. Ella me prometió traerme para mi cumpleaños —dijo el niño, y señaló en dirección al quiosco de los tiquetes, en donde una señora, que no parecía perder de vista al chiquillo, esperaba en la fila a que la atendieran.

—Ya la veo —dijo, y se puso a comparar al pequeño de los ojos pardos con los gamines que, como él, no habían tenido quién les celebrara un cumpleaños o estuviera pendiente de ellos.

—Mañana es la fiesta de mi cumpleaños. El mago va a ir a mi fiesta, y mamá me hizo una torta así de grande —continuó el pequeño que, abriendo los brazos de lado a lado, anticipaba emocionado el acontecimiento.

—¿Cómo se llama usté?

—Yo me llamo Mauricio. ¿Te gusta mi nombre?

—Sí, es bonito —le aseguró Joaquín, entretenido con la conversación del niño.

—Me gustaría que vinieras a mi fiesta, pero eres muy grande y mamá dice que sólo van niños como yo.

—¡Mauricio, ven acá! Ya sabes que no debes hablar con extraños —gritó la abuela, corriendo hacia el niño.

—¿Quieres mi algodón? Yo no quiero más —dijo, y extendió su pequeña mano con lo que le quedaba de golosina.

—¡Mauricio! ¡Por los santos cielos, niño! ¿Qué haces? —exclamó la abuela, y tomó al pequeño de la mano.

—Abuela, ¿le podemos dar a Joaquín una limosna? —dijo Mauricio, jalándole la chaqueta al gamín.

—Bien, Mauricio, dale esto al muchacho —dijo, y sacó un par de billetes de su cartera.

Joaquín estaba asombrado del comportamiento del pequeño Mauricio. No estaba acostumbrado a que la gente lo tratara con deferencia, pero a veces sucedía; entonces se acordó de la niña que les había dado comida y de la buena señora que les había conseguido trabajo. ¿Por qué no sería todo el mundo como ellos?

—Toma, Joaquín —dijo Mauricio, y le dio el dinero.

—Gracias, niño. Señora, que Dios los bendiga —les deseó Joaquín humildemente.

—¿Vas a comprar ropa nueva? —le preguntó el niño antes de que su abuela se lo llevara.

Joaquín le sonrió y movió la cabeza afirmativamente. Ya el niño se alejaba asido de la mano de su abuela. El gamín se comió el algodón, y con la limosna que le acababan de dar compró un paquete de palomitas de maíz y una soda. El resto de la tarde vagó por el parque.

("Pingo Pingo, ¿ahora qué? Déme una lucecita, porque no sé qué hacer. ¿En dónde busco a Armando?")

("No pierda la esperanza, Joaquín. Todo puede suceder".)

("Eso espero. Ahora estoy deprimido".)

La penumbra le daba paso a la noche. El cuerpo del gamín pedía un merecido descanso. Buscó su sitio predilecto en el que muchas otras noches había dormido, un hermoso paraje arriba de la Ciudad de Hierro, rodeado de frondosos árboles que protegían el lugar del viento frío mientras el suave césped le servía de cama.

Ya se había quedado dormido cuando un ruido muy junto a él lo despertó. ¿Quién había entrado en su oasis?

—¿Joaquín?

—¿Armando?

Se miraban en la semioscuridad. ¿Estaría soñando?

—Armando, ¿seguro que es usté, de carne y hueso? —gritó Joaquín, refregándose bien los ojos.

—Si, manito, soy yo. Al fin volvió. Lo he buscado por toda la ciudad, y por las noches me vengo pa acá a esperarlo.

Armando abrazó a su amigo Joaquín, como si tampoco creyera que fuera cierto lo que veía.

Momentáneamente, los amigos se dieron a la emoción del encuentro, a la seguridad y al afecto mutuo que tanto necesitaban y de los que habían estado privados tanto tiempo. Derramaron lágrimas de felicidad que interrumpieron la cascada de palabras que les brotaba de la boca.

—¿Está bien, mano? Tuve miedo —dijo Joaquín, rompiendo el silencio.

—Ya estoy buenecito, aunque tuve una conmoción. Usté que sabe de todito, debe saber qué es eso, pues fue lo que dijo el dotor.

—Huy, ¿y lo operaron? —preguntó Joaquín, avergonzado de no saber el significado de esa palabra. De todas maneras, sonaba a algo serio.

—No, no me operaron, pero ya verá, manito, todo lo que me pasó: me desperté un pocotón de horas después del accidente; eso fue
lo que me dijeron en el hospital. Me dijeron
también que había estado muy, pero muy de
buenas de que el carro no me hubiera dejado
muerto; me tiró a un lado y algo me paró y me
pegó en la cabeza, y me desmayé.

Armando, sintiéndose muy importante,
continuó contándole su historia a Joaquín.
Gozaba siendo la figura central de la aventura.

—¿Qué le hicieron después de que se despertó? —preguntó Joaquín sin poder contener la curiosidad. No se imaginaba cómo
una persona que había estado inconsciente
durante tanto tiempo ahora estuviera bien,
como si nada le hubiera pasado.

—Pues ya verá, mano; me dijeron que la
cabeza se me había sacudido con el golpe, que
tenía que tener cuidado, que no me moviera
rápido, y que me podía ir al día siguiente de
cuando me desperté. Esa noche me despertaron cada cuatro horas pa ver si estaba bien.
Tenía mucho sueño y no quería abrir los ojos
—agregó, e hizo una pausa para observar y
gozar el efecto que sus palabras producían en
su amigo.

—Bueno, ¿qué pasa? ¿Por qué no sigue?
—lo instó Joaquín con impaciencia.

—Ya voy. Es que hay que respirar. Todavía tenía mucho sueño por la mañana, pero

me dijeron que no estaba tan enfermo como pa quedarme en el hospital y que había gentes esperando mi cama. Me dieron café con leche y pan, de desayuno; me dijeron que no fuera a dormir ese día y que tuviera cuidado —dijo Armando, terminando la historia.

—¿Y lo hizo?

—¿Hizo qué?

—Usté si... Pues no dormir ese día.

—No sé. Creo que dormí a ratos; estaba como atontado. Me quedé ese día junto al hospital. Me sentía raro y sin fuerzas pa ir a ningún lado; esperaba que usté apareciera, no me acuerdo mucho de ese día. Creo que pasé la noche por ahí junto al edificio del hospital. Al día siguiente me sentí mejor, y me puse a buscarlo, manito. Ahora cuénteme usté dónde estaba —dijo Armando, ansioso de que Joaquín le contara sus andanzas.

—Armando, me pasaría toda la noche contándole todo lo que me pasó desde que a usté lo atropelló el carro.

—No importa, Joaquín; no podría dormir si no me contara. Vamos, empiece —Armando anticipaba con deleite una noche inolvidable oyendo las aventuras de Joaquín.

Joaquín le contó de su encuentro con Aurelio y la noche que pasó con él, de Cardozo y el hombre de la cicatriz, de su viaje al hospital buscándolo, de los mojicones que había hurtado y del episodio en la cárcel. No omitió detalle; incluso le relató su vuelta al parque hasta el momento en que se encontraron. Los ojos de Armando se abrían cada vez más con cada aventura de Joaquín. Secretamente envidiaba a su amigo, que había sido el protagonista de tan increíbles aventuras. Él también tomó la palabra para dramatizar su permanencia en el hospital.

—A yo también me pasó una cosa terrible; no le había contado antes, pues no me va a creer —aseguró Armando, mirando a su amigo, al que a duras penas divisaba a la luz de la luna.

—¿Qué fue? Ándele, cuente.

—Fue la noche que estuve rondando el hospital. Bueno, ya verá: Era medianoche cuando un hombre grandísimo se me acercó. Era tan grande que no cabía por ninguna parte. Pensé que me iba a estripar como a un mosco, y casi me muero del miedo. Con un vozarrón terrible me preguntó cómo me llamaba y por qué estaba allá. La voz hacía eco en todas partes. Yo no contesté; el miedo no me dejó. Eché carrera, y me escondí detrás de unas matas. El monstruo seguía llamándome. Era un hombre feroz. Yo me estuve quieto, casi sin respirar hasta el día siguiente. Todavía me pongo a temblar cuando me acuerdo de él.

—Eso no tiene sentido; debía estar soñando. Lo que le temblaba era esa cabezota suya —le aseguró Joaquín.

—Ya sabía que no me iba a creer —Armando hizo pucheros, como si fuera a llorar.

—Si le creo, manito. Claro que le creo —dijo Joaquín contentándolo—. Si yo tengo a Pingo Pingo, usté puede tener al monstruo del vozarrón.

Se quedaron dormidos con la palabra en la boca, confundidos entre lo que había sido realidad y lo que habían inventado para impresionarse mutuamente.

Capítulo XIV

Se despertaron con espíritu animado y contentos de pertenecer al mundo de los vivos después de tantas peripecias.

El Sol brillaba con más intensidad que nunca sobre los árboles y las flores que rodeaban a Armando y a Joaquín.

—¿A dónde quiere que vayamos hoy?

—preguntó Joaquín, listo a empezar su nueva vida.

—Cualquier sitio está bien. Hoy estoy contento —contestó Armando jugando con la hoja de un árbol, que doblaba una y otra vez hasta que se le volvió migajas en las manos.

—Necesitamos billete y comida. Vayamos a un sitio donde haiga mucha gente y podamos conseguir ambas cosas —propuso Joaquín mientras se alisaba la vieja chaqueta.

Hacía algún tiempo que los muchachos no gozaban de la vida tan plenamente. Jugaron hasta que se cansaron. Caminaron de aquí para allá. Lavaron automóviles, pidieron limosna, se sintieron libres y contentos.

Durante varios días vivieron como pájaros, haciendo lo que les venía en gana y durmiendo en el parque, agradecidos de estar juntos y vivos.

Varios días después del encuentro, hacia el mediodía, se encontraban los dos gamines en Chapinero contándoles historias tristes a los transeúntes o a cualquier persona que ellos creyeran que podría soltarles una moneda.

—¿Quieren venir conmigo? Los llevo a almorzar. ¿No les gustaría eso? —les propuso una señora de mediana edad, elegantemente vestida.

Los gamines la miraron con desconfianza. Era una proposición poco común. ¿Por qué razón los invitaba a almorzar?

Habían estado tan ocupados pidiendo dinero que no habían tenido tiempo de conseguir algo de comer. Tenían hambre, y un buen almuerzo los tentaba.

—¿A dónde nos quiere llevar a almorzar, señora, y por qué? —preguntó Joaquín. Su experiencia con Aurelio lo había escarmentado; no quería otro lío como aquél.

—No tengan miedo; les aseguro que les va a gustar. ¿Cuánto hace que no se sientan a una mesa a comer sabroso? Tal vez nunca lo han hecho. Vamos —insistió la elegante señora con voz dulce y convincente—. Yo trabajo con otras señoras que dedican parte de su tiempo a ayudarles a niños como ustedes. Quisiéramos ayudarles. ¿Nos dejan hacerlo?

—Estoy cansado y tengo hambre —dijo Armando, tentado con el ofrecimiento.

—Está bien. Vamos con la señora —dijo Joaquín, queriendo darle gusto a Armando. Su curiosidad se había despertado con lo que le dijo la dama.

Se sentían como príncipes, sentados en el asiento posterior de un elegante automóvil. Después de una trayectoria de unos siete kilómetros pararon frente a una casona, rodeada de jardines. Un joven muy moreno les abrió la puerta y los hizo entrar en una sala amoblada con sillones de blandos cojines y una alfombra de vivos colores.

—Aquí les traigo estos muchachos, Emiliano. Le cuento que tienen mucha hambre. Ya casi es la hora del almuerzo, ¿verdad?

—Sí, señora. Los niños ya están camino al comedor —respondió el joven moreno.

—Síganme —ordenó la señora caminando delante de ellos.

Un inmenso comedor lleno de niños de todas las edades se abrió ante los gamines. Los niños reían y charlaban animadamente mientras tomaban asiento alrededor de varias mesas.

Una señora de rostro agradable salió a recibirlos, y, después de preguntarles cómo se llamaban, los llevó a sus asientos. Los gamines no sabían qué pensar.

—Que les aproveche el almuerzo. Estoy segura de que les va a gustar este lugar —les dijo la señora. Luego se despidió, dejando a los dos amigos desconcertados y confusos.

La señora de rostro sonriente los presentó a los otros muchachos. Después de comer, lo que hicieron con gran placer, los llevaron a bañar. Un muchacho mayor ayudó a refregarlos, a pesar de las protestas de Armando y de Joaquín, que poco gusto le sacaron al baño, al que no estaban acostumbrados, y, menos aún, en compañía de un extraño. El muchacho encargado de ayudar no quedó satisfecho con los resultados y los mandó al agua otra vez, aunque los recién llegados no veían la necesidad de un segundo baño. Sus ropas viejas y sucias desaparecieron; las cambiaron por camisas y pantalones nuevos.

—¿Usté quién cree que es este muchacho tan buen mozo? —le preguntó Armando a su compañero, contemplando la imagen que le devolvía el espejo del baño. Estaba irreconocible, tan limpio como nunca se había visto, peinado y con ropa nueva—. ¿Dónde cree que estamos, mano?

—Parece que en una escuela, o algo así. Yo he oído de sitios donde tienen a gamines como nosotros pa educarlos y volverlos decentes y pa que no estemos afuera en las calles —explicó Joaquín, no muy seguro de que el lugar fuera lo que suponía—. Dicen que las iglesias y otras gentes ayudan pa que estos sitios existan. Eso fue lo que un amigo me dijo una vez; él estuvo en una casa como ésta. Yo no creí todos esos cuentos que echaba.

("Pingo Pingo ¿es éste uno de sus milagritos?")
("Puede ser, si ustedes lo desean".)

—Está bueno; quedémonos aquí —opinó Armando, intrigado por lo desconocido.

El sitio, tal como Joaquín había adivinado, era una casa para gamines; los proveían de escuela, comida, ropa y cuidado.

Al principio se divirtieron, y, contentos, aceptaban lo que se les daba. Tener tres comidas al día y una cama tibiecita en donde dormir, sin lucha para conseguirlas, era más de lo que Joaquín y Armando esperaban de nadie. Los otros muchachos que vivían allí les contaban toda clase de historias que los entretenían durante el tiempo libre.

Después de varios días, los dos amigos empezaron a preocuparse e impacientarse. Se peleaban con los otros muchachos, sin razón; se empezaban a sentir aprisionados, como cuando trabajaron en la fábrica de cajas de cartón. No podían correr por las calles y los parques haciendo lo que se les venía en gana.

Después de toda una semana de vida civilizada, dijo Joaquín una noche:

—Hay muchas reglas en esta casa. Me hacen falta la calle, el cielo, las nubes, el...

—No sabía cómo decirle lo mismo, manito —afirmó Armando, mirando por la ventana y suspirando melancólicamente.

—Oiga, mano, no podemos pasar más tiempo aquí; me estoy ahogando. Escuche, Armando: Esta noche, cuando todos estén dormidos, nos vamos de aquí. Si alguien nos pregunta algo, decimos que vamos al baño, y apenas esté despejado el camino, nos largamos. Nos encontramos abajo. Es mejor no salir juntos.

—Bueno, esta noche seguro —repitió Armando incrédulo, soñando con la vida que añoraba. Gozarían como antes; harían lo que les diera la gana. No tendrían normas que acatar. Allá afuera estaba su verdadero mundo.

A las once de la noche Joaquín y Armando se encontraban en la calle, con el cielo por techo. Miraron con cierta nostalgia la casa que les había servido de hogar durante una semana.

—Volveremos de visita —exclamó Joaquín—. Puede que nos dejen estar aquí de vez en cuando, por uno o dos días. O... tal vez nos dejen volver y también salir...

("Yo creo que sí; no se puede llegar a príncipe en un día".)

("No se burle, Pingo Pingo. Bueno, con usté de amigo no tenemos por qué preocuparnos".)

("No lo sé; a lo mejor me canso. Usted me lleva de la lengua. Fíjese en los líos en que se mete".)

("Ahora no me venga conque ya no es amigo mío".)

("¿Cómo podría no serlo? Me moriría de aburrimiento".)

Caminaron en la oscuridad de la noche, como lo habían hecho tantas otras noches, en busca de un sitio mullido en donde dormir, ansiosos de levantarse por la mañana llenos de vida y listos a enfrentarse con lo que se presentara, sin pensar en el futuro lejano. Sólo el presente les interesaba, y la libertad a la que estaban acostumbrados.